# EIN SEMESTER IN MÜNCHEN

## Ein Roman zum Deutschlernen

Von Julia Brodt
lektoriert von Nora Ferjani

bearbeitet von
EMMANUEL OKPENIKU

Julia Brodt – Lingster Academy SL

hallo@lingster.de

*Ein Semester in München: Ein Roman zum Deutschlernen*

# MEIN GESCHENK FÜR DICH:

## DAS LERNPAKET DER LINGSTER ACADEMY ALS E-BOOKS:

- Das 1x1 der Grammatik
- Der wichtigste Wortschatz bis B2
- Dein Weg zum C1-Niveau
- Typisch deutsche Ausdrücke
- Redemittel für Diskussionen und E-Mails
- Nomen-Verb-Verbindungen
- Karriere machen in Deutschland

*Hier bekommt du sofort Zugang:*

https://lingster.de/material

# ÜBER DIE AUTORIN

Julia Brodt ist eine deutsche Sprachwissenschaftlerin und Deutschlehrerin. Seit 2018 unterrichtet sie Deutsch auf YouTube, Instagram, TikTok, Facebook sowie in ihrer eigenen Online-Sprachschule Lingster Academy.

Sie hat ihr Masterstudium an der Universität Saarbrücken mit Auszeichnung absolviert und schreibt derzeit ihre Doktorarbeit über das Lernen mit sozialen Medien. Der Schwerpunkt ihres Studiums liegt insbesondere auf der deutschen Grammatik. An der Universität Harvard hat sie mit einem Online-Studium ihre Lehrkenntnisse vertieft.

Julia Brodt hat bereits eine Reihe an Romanen in einfachem Deutsch veröffentlicht, um das Erlernen der Sprache zu vereinfachen und gleichzeitig Spaß am Lesen zu haben.

# INHALTSVERZEICHNIS

# EIN
# SEMESTER
# IN MÜNCHEN

# KAPITEL 1
# JAMES MILLER

Das Klingeln des Weckers um 5 Uhr morgens war wahrscheinlich das Schlimmste, was James sich vorstellen konnte. Okay, vielleicht nicht das Allerschlimmste. Das **Bellen** des Nachbarhundes mitten in der Nacht war schlimmer. Er hatte schon als Kind einen leichten Schlaf und wachte deshalb von Hundegebell oder anderem Lärm meistens auf. Die Bewohner der anderen Wohnungen in seinem Block hatten entweder großes Glück oder schliefen einfach tiefer als er.

**Vermutlich** war es James' Berufskrankheit, denn als Sicherheitsmann musste er eigentlich rund um die Uhr auf mögliche Gefahren reagieren können.

Jeden Tag so früh aufzustehen, war nicht ideal, aber er konnte es **aushalten**. Die finanzielle **Entlohnung** für das frühe Aufstehen war für ihn Motivation genug, es immer wieder zu tun; von Montag bis Freitag, mit einer kurzen

---

**das Bellen** (*nur Singular*): Laute von Hunden
**vermutlich**: wahrscheinlich, möglicherweise
**etwas aushalten**: mit etwas klarkommen, etwas akzeptieren
**die Entlohnung, en**: die Bezahlung, die finanzielle Belohnung

Atempause an den Wochenenden - die immer wieder viel zu schnell vorbei waren.

Er streckte seinen Arm in Richtung Nachttisch und schaltete den Wecker aus, seine Augen waren noch geschlossen. Er drehte sich auf den Rücken, öffnete die Augen und **starrte** eine Weile an die Decke, während er an seine Heimat Schottland dachte. Der 42-Jährige war vor fast vier Jahren nach München gezogen und sah seine Familie und Freunde meistens nur an Weihnachten oder wenn sie ihn zum Oktoberfest besuchten.

Mit einer kräftigen Bewegung stand der 1,94 m große, kräftig gebaute Schotte mit dem roten Vollbart auf und streckte sich. Wie jeden Morgen machte er zuerst einige **Liegestütze**, um **in die Gänge** zu **kommen** und sich auf die Arbeit vorzubereiten. Er machte sich ein reichhaltiges Frühstück mit Speck, Eiern und frischem Obst. Schließlich brauchte man für einen zehnstündigen Arbeitstag genug Energie.

Sein Wohnkomplex befand sich direkt gegenüber von einem kleinen Park. Er hatte sich damals für den Münchner Stadtteil Allach entschieden, der im Nordwesten der

---

**starren**: intensiv schauen
**der Liegestütz, e**: Übung im Sport
**in die Gänge kommen**: aktiv werden, in Form kommen

bayerischen Landeshauptstadt lag. Dort waren die Mieten noch **halbwegs** bezahlbar und außerdem war es viel ruhiger als im Zentrum. Aufzuwachen und die Vögel zu beobachten, die **sich** in den Bäumen **niederließen**, war für ihn schon immer die beste Methode, um Stress abzubauen. Er durfte **sich** aber nicht zu lange **zerstreuen**, denn seine Schicht am Münchner Flughafen begann um 7 Uhr und er brauchte knapp eine halbe Stunde, um mit dem Auto dorthin zu kommen.

Er genoss die morgendliche Fahrt sehr, denn sie führte ihn durch die grüne Landschaft, vorbei an Feldern und Seen und schließlich über die Isar, den größten Fluss Münchens. Wenn es etwas gab, das er am Leben in Süddeutschland am Alpen. Seine Augen würden **sich** nie an der Schönheit der Stadt **sattsehen**.

So oft wie möglich ging er spazieren - am liebsten, wenn seine Familie zu Besuch kam - sie wanderten einfach umher und **bestaunten** die Vielfalt der Stadt.

Sein Cousin sagte einmal, dass Gott sehr **großzügig** war, als er München **erschuf**. Es war damals sein erster Besuch

---

**halbwegs**: genug, mäßig
**sich niederlassen**: einen festen Wohnsitz finden
**sich zerstreuen**: sich ablenken, an andere Dinge denken
**sich sattsehen**: genug bekommen, nicht mehr wollen
**etwas bestaunen**: etwas bewundern/sehr schön finden

und seitdem kam er fast jedes Jahr zurück. James hatte ihm **nahezu** alle Sehenswürdigkeiten der Stadt gezeigt: den Englischen Garten, die Alte Pinakothek, das Deutsche Museum und natürlich den Marienplatz. München war immer eine Reise wert.

Nach einer dreißigminütigen Fahrt kam James endlich am Flughafen an. Er arbeitete bei einer bekannten Fluggesellschaft, wo er für die Sicherheit der Passagiere **zuständig** war. Die Arbeit **erfüllte** ihn und er verstand sich großartig mit seinen Kollegen, allerdings hatte er auch nach all den Jahren immer noch Schwierigkeiten mit der deutschen Sprache.

„Guten Morgen, Klaus!", rief James seinem Kollegen schon von Weitem zu. Klaus war für gewöhnlich die erste Person, die er im Terminal sah, denn der Bayer begann seine **Schicht** schon einige Stunden vor ihm. „Was gibt's Neues?"

---

**etwas erschaffen**: etwas bauen/kreieren
**nahezu**: fast
**großzügig**: spendabel sein, gerne mit anderen teilen
**zuständig**: verantwortlich
**jemanden erfüllen**: jemanden zufriedenstellen, genug sein für jemanden
**die Schicht, en**: die Arbeitszeit

Klaus stand hinter seinem **Tresen**, sein Laptop vor sich. „Guten Morgen, James! Bisher alles ruhig. Mal sehen, was der Tag noch bringt." Wie fast jeder Bayer hatte auch Klaus ein rollendes R, wenn er sprach.

„Ist der Chef schon dort?" James stellte sich hinter seinen Tresen und machte den Computer an.

„Was meinst du?"

„Ist der Chef schon gekommen?"

„Mensch, James. Wie lange bist du jetzt in Deutschland? Du meinst 'hier' am Flughafen, nicht 'dort' - das habe ich dir schon **Dutzende** Male erklärt." Klaus lachte zwar und er hatte seinen Kollegen sehr gern, aber seine Deutschkenntnisse waren noch lange nicht gut genug, um einen **einwandfreien** Job zu machen.

James reagierte mit einem **beschämten** Grinsen. Er hätte diesen kleinen Fehler nicht schon wieder machen

---

**der Tresen, -**: ein Tisch zum Stehen
**das Dutzend, e**: zwölf
**einwandfrei**: ohne Kritik, fehlerfrei

dürfen, aber er war auch nur ein Mensch und die deutsche Sprache war für ihn alles andere als einfach.

Er schüttelte den Kopf und legte seinen Daumen auf den **Fingerabdruckscanner**, der an seinem Computer angeschlossen war. Er wartete, bis das kleine grüne Lämpchen am Scanner aufleuchtete, bevor er sein Passwort eingeben konnte. Nach etwa dreißig Sekunden war der **Vorgang** abgeschlossen und James konnte sich endlich die Aufgaben für den heutigen Tag anschauen.

Gerade, als er **sich** mit den zu erledigenden Aufgaben **vertraut gemacht** hatte, kam der Chef zur Tür herein. Er war freundlich und hilfsbereit, konnte aber auch **ruppig** sein, wenn ihn etwas störte. Das war an diesem Morgen der Fall.

„Guten Morgen, die Herren.“

„Guten Morgen, Chef!“, sagten die beiden Mitarbeiter gleichzeitig.

---

**beschämt**: sich schämen, peinlich
**der Fingerabdruckscanner, -**: ein Scanner, um mit dem Finger die Identität zu prüfen
**der Vorgang, Vorgänge**: der Prozess, Ablauf
**sich mit etwas vertraut machen**: sich einarbeiten, etwas besser kennenlernen
**ruppig**: hart, unfreundlich

„James, ich muss etwas mit dir besprechen. Kannst du bitte direkt mitkommen?“ Er hatte einen ernsten **Gesichtsausdruck**, als er sich auf den Weg in sein Büro machte.

James **seufzte** und ging hinter seinem Chef her. Er hatte gehofft, dass er einen **friedlichen** Morgen erleben würde, aber das schien nicht der Fall zu sein.

„Setz dich.“ Sein Chef war ein Mann mittleren Alters mit einer **kratzigen** Stimme, vermutlich kam sie vom Rauchen, was auch das ständige Husten erklären würde. Sein **Bierbauch** bewegte sich stets mit, wenn er hustete.

„Mich hat schon wieder eine Beschwerde über dich erreicht. Einer der Passagiere auf dem Flug nach Buenos Aires konnte seinen kleinen Hund nicht mit in die Kabine nehmen, obwohl er extra einen Sitzplatz für ihn gebucht hatte. Er sagte, du hättest ihn nicht richtig verstanden und den Hund einfach zu den anderen Tieren in den **Frachtraum** geschickt. Erst nach über einer Stunde konnte das Problem

---

**der Gesichtsausdruck, -ausdrücke**: die Mimik im Gesicht
**seufzen**: laut ausatmen, oft in Sorge
**friedlich**: mit Frieden
**kratzig**: rau
**der Bierbauch, -bäuche**: der Körper, wenn man zu viel Bier trinkt

gelöst werden, der Passagier hätte fast seinen Flug verpasst."

„Ich erinnere mich an den Fall. Es tut mir sehr leid, aber es ist doch alles gut gegangen", sagte James mit **errötetem** Gesicht.

„James, so kann das nicht weitergehen. Ich habe dich damals eingestellt, weil du gute Arbeit leistest. Du hast mir **versprochen**, an deinem Deutsch zu arbeiten und dass es keine Kommunikationsprobleme geben würde."

„Ich verspreche dir, dass das nicht mehr vorkommen wird, Chef."

„Das reicht dieses Mal leider nicht. Du hast jetzt zwei Optionen: Entweder du machst bis zum Sommer die C1-Prüfung oder ich muss einen anderen Sicherheitsmitarbeiter finden, der unsere Sprache **beherrscht**. Der **Vorstand** hat das so entschieden."

---

**der Frachtraum, -räume**: ein Ort, um Güter zu lagern, Lagerraum
**errötet**: rot sein
**etwas versprechen**: sagen, dass man etwas tut
**etwas beherrschen**: etwas können, fähig sein
**der Vorstand, Vorstände**: die oberste Leitung einer Organisation, die Chefs

James schluckte. Plötzlich **stand** seine gesamte Zukunft **auf der Kippe**. Der **Posten** am Flughafen war alles für ihn und er wollte gar nicht daran denken, arbeitslos zu sein und sich etwas anderes suchen zu müssen, erst recht nicht in der teuersten Stadt Deutschlands.

„Ok, Chef." Mit **wackeligen** Knien stand er auf und ging zurück an seinen Arbeitsplatz.

---

**auf der Kippe stehen**: in einem kritischen Zustand sein
**der Posten, -**: die Stelle, der Arbeitsplatz
**wackelig**: nicht stabil, zitternd

# KAPITEL 2
# MIGUEL SANTOS

Nachdem er nun schon fast zwei Jahre lang in München lebte, **nahm** Miguel **an**, dass es einfacher würde, fast 2000 Kilometer von seiner geliebten Familie in Andalusien entfernt zu leben. Der Spanier hätte **sich** nicht mehr **irren** können. Die Tatsache, dass er im Alter von fünfunddreißig Jahren noch nicht verheiratet war, machte die Sache auch nicht einfacher.

Die Liebe war einer der Bereiche, in denen er einfach kein Glück hatte und er verstand nicht, warum das so war. In den letzten beiden Jahren in Deutschland hatte er zwar ein paar Beziehungen gehabt; doch keine **hielt** lang genug, um ernsthaft über eine Hochzeit oder eine eigene Familie nachzudenken. Dennoch wollte er die Hoffnung nicht aufgeben, in München sein Glück zu finden und in ein kleines Häuschen mit Garten zu ziehen, in dem seine **zukünftigen** Kinder spielen würden.

---

**etwas annehmen**: etwas glauben, von etwas ausgehen
**sich irren**: falsch liegen, etwas nicht wissen
**halten**: dauern, überstehen
**zukünftig**: in der Zukunft

Seine jetzige Wohnung war **bescheiden**, obwohl sie im **angesagten** Stadtteil Schwabing lag und die Miete sich in den letzten Jahren extrem erhöht hatte. Er konnte von Glück sagen, dass er sich das Leben hier dank seines Jobs als Informatiker leisten konnte, aber in einem Einfamilienhaus zu leben, war auch für ihn noch ein Traum **in weiter Ferne** - **zumal** die passende Señorita an seiner Seite noch nicht in Sicht war.

Sein IT-Studium in Madrid hatte er mit den besten Noten **absolviert**, aber sein Auslandssemester in Berlin war eine reine Katastrophe gewesen. Fachlich war Miguel ein **ausgezeichneter** Student, auch Englisch beherrschte er auf einem hohen Niveau, aber die deutsche Sprache war sein größter Schwachpunkt. Heute bereute er fast, in Berlin studiert zu haben, denn jeder dort sprach Englisch, selbst die Inhalte seines Studiums waren zum größten Teil in englischer Sprache. Er hatte wirklich viel in Berlin gelernt, **außer** Deutsch. Selbst nach den beiden Jahren in München war er noch weit entfernt von guten Sprachkenntnissen, zumal die **Einheimischen** hier ihren eigenen Dialekt

---

**bescheiden**: mit wenig zufrieden sein
**angesagt**: im Trend, cool
**in weiter Ferne**: weit weg, nicht erreichbar
**zumal**: besonders, vor allem
**etwas absolvieren**: etwas abschließen/erfolgreich beenden
**ausgezeichnet**: sehr gut, hervorragend

sprachen. Das Einzige, was er perfekt konnte, war das rollende R, das die Bayern gern benutzten.

Miguel ging um 7 Uhr an diesem Morgen aus dem Haus, während die Vögel **zwitscherten** und um die **Baumkronen** in den Parks **schwirrten**. Er zog es vor, jeden Morgen mit der Bahn zu fahren; zum einen, weil er die Umwelt schützen wollte. Schließlich fuhren in München Tausende schicke Autos herum, die die Luft **verpesteten**. Zum anderen konnte er so einen kleinen Spaziergang durch den Park machen und sich ein bisschen bewegen, bevor er den ganzen Tag auf einem Bürostuhl verbrachte. Und letztendlich **schonte** das Monatsticket natürlich auch seinen Geldbeutel, obwohl allein die Unpünktlichkeit der Deutschen Bahn ein Grund wäre, mit dem Auto zu fahren.

Wie jeden Morgen setzte er beim Losgehen seine Kopfhörer auf und **lauschte** einem Hörbuch zum Deutschlernen. Er hörte sich meistens nur Kurzgeschichten an, die etwa so lange dauerten, wie er morgens unterwegs

---

**außer**: nicht dazu gehören
**der Einheimische, n**: jemand aus dem Inland, heimisch
**zwitschern**: wenn Vögel singen
**die Baumkrone, n**: der oberste Teil eines Baumes
**schwirren**: beim Fliegen ein Geräusch machen
**etwas verpesten**: etwas verschmutzen, stinken
**etwas schonen**: etwas nicht belasten, nicht schmerzen

war. Eigentlich hatte er sich vorgenommen, zu jeder Geschichte eine Zusammenfassung zu schreiben, aber das hatte er schon nach dem ersten Mal **aufgegeben** - offiziell aus **Zeitmangel**, aber in Wirklichkeit war er einfach zu faul dafür. Der Weg vom Bahnhof zum Flughafen, wo er bei einer großen Fluggesellschaft als Programmierer arbeitete, war für ihn ein weiterer Spaziergang, durch den er sich gesünder fühlte. So hatte er auch kein schlechtes Gewissen, wenn er sich zum Mittagessen schon wieder eine Weißwurst mit **Brezn** bestellte.

Als er im Terminal ankam, sah er schon seinen Chef in der Abflughalle herumlaufen. Er **nickte** ihm zu und Miguel **erwiderte** das Nicken. In Deutschland musste man nicht ständig miteinander sprechen, ein höfliches Nicken reichte oft aus und so konnte er schon keine Fehler im Deutschen machen. Er ging in seine Abteilung und meldete sich mit seinem Fingerabdruck und Passwort auf seinem Computer an.

„Miguel! Mein Lieblingsspanier!“, rief sein Kollege und Tischnachbar Patrick ihm zu. „Na, hat Real Madrid gestern

---

**lauschen**: zuhören
**etwas aufgeben**: mit etwas aufhören, etwas nicht mehr wollen
**der Zeitmangel, -mängel** (*meistens Singular*): keine Zeit haben
**die Brezn, -**: Bayerisch für *die Brezel* (salziges Gebäck)
**nicken**: den Kopf von oben nach unten bewegen
**erwidern**: antworten

von uns mal wieder ordentlich **auf den Deckel bekommen**?" Er lachte laut und hoffte, dass Miguel mitlachen würde, aber der schüttelte nur den Kopf. [63]

Mit seinen vierundzwanzig Jahren **verkörperte** Patrick fast jedes **Klischee**, das man über einen Bayern haben konnte. Fußballfan bis aufs Blut, Biertrinker, flog jeden Sommer nach Mallorca, um dort in der Diskothek Oberbayern noch mehr Bier zu trinken. Als hätte Spanien nicht mehr zu bieten als die deutsche **Trinkkultur**. Miguel fand ihn zwar viel zu laut und anstrengend, aber er hatte in ihm einen echten Freund gefunden. Patrick hatte ein Herz aus Gold und war die erste Person, die ihm damals half, sich in München zu integrieren.

„Patrick, wann hast du mal erlebt, dass ich ein Fußballspiel schaue? Das ist so unwahrscheinlich, wie dich mal im Urlaub auf Gran Canaria statt Mallorca zu treffen. Aber herzlichen Glückwunsch, ich freue mich immer für meinen deutschen Lieblingsclub und natürlich für dich!"

---

**auf den Deckel bekommen**: besiegt werden, nicht gewinnen (*umgangssprachlich*)
**etwas verkörpern**: etwas darstellen/symbolisieren
**das Klischee, s**: das Vorurteil, eine typische Vorstellung von bestimmten Personen
**die Trinkkultur, en** (*Plural selten*): die Art, wie und was Menschen in bestimmten Regionen trinken

„Gracias, Miguel!“, antwortete er seinem Freund, dessen Augen vor Glück strahlten. „Wenn du nur das Tor gesehen hättest, das Thomas Müller in der vorletzten Minute geschossen hat, einfach ein Traum!“

„Ich kann es mir bildlich vorstellen, das muss einer der schönsten Momente in deinem Leben gewesen sein!“, antwortete Miguel voller Ironie und mit einem breiten Grinsen.

„Ja, und deshalb muss gefeiert werden“, rief Patrick ihm zu, obwohl er direkt neben ihm saß. „Wir gehen ins Hofbräuhaus. Das darfst du nicht **verpassen**!“

„Oh je, ich erinnere mich noch an unseren letzten Besuch im Hofbräuhaus. Beziehungsweise... ich erinnere mich nicht mehr daran. Wieso muss das Bier auch in einem Ein-Liter-**Krug** ausgeschenkt werden, reicht ein halber Liter nicht völlig aus?“, fragte er lachend.

„Das ist eine **rhetorische Frage**, oder? Junge, du bist hier in Bayern, das ist Teil unserer Kultur! Ihr Spanier esst doch auch jeden Tag Paella, wir trinken eben Bier. Also, kommst du mit oder nicht?“

---

**etwas verpassen**: bei etwas nicht dabei sein
**der Krug, Krüge**: ein großes Gefäß oder Glas
**die rhetorische Frage**: eine Frage, die keine Antwort benötigt

„Wir essen bestimmt nicht jeden Tag Paella! Und klar komme ich mit, diese **Gaudi** will ich nicht verpassen!"

Plötzlich ertönte eine kratzige Stimme aus dem hinteren Teil des Büros. Miguel hielt die Luft an und drehte sich um, als sein Chef direkt auf ihn zukam. „Hallo Chef! Wie geht's?"

„Guten Morgen, Miguel. Danke, es ging mir schon mal besser", sagte er **seufzend**. „Wir haben ein kleines Problem, weswegen ich kurz mit dir sprechen muss."

Im Büro des Chefs angekommen, setzte Miguel sich auf einen Stuhl, er atmete schwer und war nervös. Was jetzt kam, waren bestimmt keine guten Nachrichten.

„Miguel, du bist ein fantastischer Programmierer und ich war schon immer **überzeugt** von deinen Kompetenzen. Auch menschlich passt du wunderbar in unsere Firma, deine Kollegen schätzen dich sehr. Aber es gibt ein **schwerwiegendes** Problem: deine Deutschkenntnisse. Mir wurden mehrere Mails weitergeleitet, die du an unsere Kunden geschrieben hast und ich muss dir ganz ehrlich sagen, dass dein schriftliches Deutsch eine reine Katastrophe ist. Auch in Gesprächen mit den oberen Etagen

---

**die/das Gaudi** (*nur Singular*): der Spaß (*süddeutsch*)
**seufzen**: laut ausatmen, oft negativ
**überzeugt**: sich sicher sein

unserer Firma hast du Schwierigkeiten, dich klar und deutlich auszudrücken. Das kostet uns alle mehr Zeit und einige aus dem Vorstand kostet es viele Nerven. Sie haben mir deshalb ein Ultimatum gestellt. Entweder du bestehst bis zum Sommer die C1-Prüfung oder sie werden deinen Posten durch jemanden ersetzen, der unserer Sprache **mächtig ist**."

Miguels Herz **schlug** ihm bis zum Hals, sein Puls **raste**. Das war zu viel für ihn. In diesem Moment dachte er wieder an seine Zeit in Berlin, in der er kaum Deutsch gesprochen hatte. Er biss sich auf die Zunge und versuchte, seine **Haltung** zu **bewahren**.

„Alles klar, Chef. Danke für das Gespräch."

Er ging zurück an seinen Schreibtisch. Ihm war nun gar nicht mehr nach Feiern **zumute**.

---

**schwerwiegend**: ernsthaft, dramatisch
**etwas (Genitiv) mächtig sein**: etwas können, zu etwas fähig sein
**schlagen**: die Aktivität des Herzens
**rasen**: sehr schnell sein
**(die) Haltung bewahren**: sich kontrollieren, ruhig bleiben
**jemandem ist nach etwas zumute**: jemand hat Lust auf etwas

KAPITEL 3

# VALESKA SOWA

Valeska hatte die letzten sechs Jahre in München verbracht, und doch kam es ihr manchmal so vor, als wäre sie eine Fremde in dieser Stadt. Sie war im **zarten**[79] Alter von zweiundzwanzig Jahren von ihrer polnischen Heimatstadt Krakau in die Münchner Gemeinde Feldkirchen gezogen, an den östlichen Rand der bayerischen Hauptstadt. Ihre Eltern und kleinen Geschwister zogen zur gleichen Zeit in den Norden Polens nach Danzig, weil Valeskas Vater dort eine gute Stelle als Hafenarbeiter bekommen hatte. Über 1000 Kilometer trennten nun die Familie, die früher jeden Tag gemeinsam verbracht hatte. Valeska war ein absoluter Familienmensch, der schon immer heiraten wollte und sich eigene Kinder wünschte.

Vor gut vier Jahren fand sie ihr Glück mit ihrem Mann Friedrich, einem Radiologen aus der Nähe von München. Er versprach ihr damals, sich immer um sie zu kümmern, ihr Deutsch beizubringen und ihren größten Wunsch zu erfüllen, eine Familie zu **gründen**. Bisher **ging** leider nichts

---

**zart**: jung
**etwas gründen**: etwas aufbauen

davon **in Erfüllung**. Friedrich arbeitete so gut wie jeden Tag bis spät in die Nacht und hatte eigentlich gar keine Zeit für eine Ehe, **geschweige denn** für eigene Kinder. Auch ihr Deutsch hatte sich in all den Jahren nicht verbessert, wobei das ihr kleinstes Problem war.

Nach vier Jahren Ehe hatte ihre Beziehung aufgehört, sich wie ein sicherer Ort für sie anzufühlen. Sie war **permanent** allein, musste sich um den kompletten Haushalt, die Einkäufe und Reparaturen im Haus kümmern. So hatte sie sich eine harmonische Ehe bestimmt nicht vorgestellt. Wenn sie ihren Mann einmal zu Gesicht bekam, dann schaute er sie mit **leeren** Augen an. Die einzigen Worte, die sie noch von ihm hörte, waren:

„Was gibt es heute zu essen?"

Immer wenn sie ihn auf ihre Ehekrise ansprach, antwortete er kühl:

„Schatz, so ist das Leben als Arzt nun mal. Es tut mir wirklich leid. Ich dachte, du würdest das akzeptieren und auch respektieren. Ich gebe dir alles, was ich habe. Wir leben in einem tollen Haus, du hast ein schönes Auto vor

---

**in Erfüllung gehen**: wahr werden, passieren
**geschweige denn**: noch weniger, nicht zu sprechen von
**permanent**: immer, ständig
**leer**: ohne Inhalt/Gefühl

der Tür stehen und kannst tun und lassen, was du willst. Nenn mir eine Frau, die so ein **sorgenfreies** Leben führt, wie du es dank mir tust."

„Dein Geld interessiert mich nicht. Ich habe dich geheiratet, nicht dein Bankkonto. Ich wäre lieber **arm wie eine Kirchenmaus**, aber mit einem Partner an meiner Seite, der mich liebt und für mich da ist. Oder mit einem Mann, mit dem ich eine Familie gründen kann. Dann hätte ich wenigstens jemanden, der Zeit mit mir verbringt."

„Valeska, wir haben das Thema Kinder doch schon so oft besprochen. Es passt momentan einfach nicht in meine Lebensplanung. Ich werde bald Chefarzt und dann habe ich einen **Haufen** neuer Aufgaben und viel mehr Verantwortung als bisher. Ein Baby ist dann das Letzte, worum ich mich kümmern kann!"

„Ich, ich, ich! Du redest immer nur von dir! Hast du auch mal daran gedacht, dass ich auch ein Mensch bin und **Bedürfnisse** habe? Du **verwehrst** mir meinen größten Wunsch, obwohl du dich nicht mal um das Kind kümmern müsstest. Aber dir geht es ja nur um deinen Job, alles

---

**sorgenfrei**: ohne Sorgen, sorglos
**arm wie eine Kirchenmaus**: sehr arm
**der Haufen, -**: eine Menge

andere ist dir egal. Ich **halte** deinen Egoismus einfach nicht mehr **aus**!"

„Es tut mir leid, Valeska."

Valeska wusste, dass ihre Ehe am Ende war. Sie wusste nicht, was sie noch tun konnte, um glücklich zu werden. Ihr war auch klar, dass sie ihren Mann nicht ändern konnte; erst recht nicht, wenn er so **besessen** war von seiner beruflichen Karriere wie Friedrich. Als sie sich kennenlernten, war alles so schön - eigentlich zu schön, um wahr zu sein. Ihre Mutter hatte sie zwar damals schon **vor** ihm **gewarnt**, aber sie wollte nicht auf sie hören. Zu **herrlich** war ihre Vorstellung von der perfekten Ehe mit ihrem perfekten Mann.

Sie war **am Boden zerstört**. Wie hatte sie **sich** nur so in einer Person **täuschen** können? Sie hatte damals wirklich

---

**das Bedürfnis, se**: der Wunsch
**jemandem etwas verwehren**: jemandem nicht geben
**etwas aushalten**: etwas akzeptieren, mit etwas klarkommen
**besessen**: süchtig
**vor etwas warnen**: eine Warnung geben, vorsichtig zu sein
**herrlich**: wundervoll

gedacht, dass er es wert war, sich mit ihm eine Zukunft und ein Zuhause in Deutschland aufzubauen.

Ihre Ehe **erlitt** nach diesem Gespräch einen noch **schwereren Schlag**. Er kümmerte sich nun noch weniger um sie und **vermied** ihre Nähe, wann immer er konnte. Sie wusste, dass sie jetzt nur noch einen **Ausweg** hatte: die Scheidung.

Im Grunde war sie nun dankbar dafür, dass sie keine gemeinsamen Kinder hatten. So gab es zumindest nichts, was sie aneinander **binden** würde. Obwohl sie eine harte Zeit durchmachte, wollte sie ihren **Lebensmut** nicht verlieren. Sie war trotz allem eine starke Frau, die auch ohne Ehemann gut klarkommen würde. Schließlich hatte sie in ihrem Beruf als Flugbegleiterin ein eigenes Einkommen und konnte sich selbst versorgen. Sie

---

**am Boden zerstört sein**: am Ende/sehr traurig sein
**sich täuschen**: sich irren, falsch denken
**einen schweren Schlag erleiden**: plötzlich in einer schweren Situation sein
**etwas vermeiden**: einer Sache aus dem Weg gehen, etwas nicht wollen
**der Ausweg, e**: die Lösung, einen Weg finden

**beschloss**, sich vom Leben nicht unterkriegen zu lassen und ihr Glück wieder in die Hand zu nehmen.

Am darauffolgenden Morgen fuhr sie in ihrem weißen BMW und mit einem breiten Lächeln im Gesicht zum Flughafen. Sie hatte einen Flug nach Dubai, der am Abend wieder zurück nach München ging. **Mit erhobenem Haupt** betrat sie das Terminal, selbstbewusst und mit ihrer ursprünglichen Lebensfreude, um die sie so viele Kollegen **beneideten**.

Ihre beiden Kolleginnen bemerkten sofort, dass sich etwas an Valeska verändert hatte. Sie hatte diese einzigartige **Ausstrahlung**, die durch ihre Uniform noch besser zur Geltung kam. Ihre Frisur war **makellos** und sie duftete nach Jasmin.

„Wow, Valeska! Du **strahlst** ja **wie ein Honigkuchenpferd**!“, begrüßte ihre Kollegin Franziska sie mit einer freundschaftlichen **Umarmung**. Auch ihre andere

---

**jemanden binden**: aus einem Grund zusammengehören
**der Lebensmut** (*nur Singular*): der Wille/die Lust zu leben
**etwas beschließen**: etwas entscheiden
**mit erhobenem Haupt**: mit Respekt für sich selbst
**jemanden beneiden**: ein schlechtes Gefühl, wenn andere etwas haben/sind

Kollegin Claudia war überrascht, sie so strahlend schön zu sehen.

„Hallo, meine Liebe! Es ist toll, dich wieder lachen zu sehen. Willkommen zurück! Bereit für Dubai?"

Franziska war Valeskas beste Freundin geworden, seit die beiden damals gemeinsam die Aufnahmeprüfung für die Flugbegleitung machen mussten. Sie war vor allem in der letzten Zeit ihre größte **Stütze**, denn Franziska hatte auch schon eine Scheidung hinter sich und wusste genau, wie ihre Freundin sich fühlte.

„Keine Sorge, du findest jemand Besseres", sagte sie zu Valeska.

„Ganz bestimmt! Vielleicht gleich heute einen reichen Scheich aus der Wüste?", **scherzte** sie.

Sie stellte ihre Tasche ab und ging zu ihrem Check-in-Schalter. Noch bevor sie ihren Computer einschalten konnte, hörte sie von Weitem die Stimme ihres Chefs.

---

**die Ausstrahlung, en** (*meistens Singular*): die Wirkung/der Effekt auf andere
**makellos**: perfekt
**strahlen wie ein Honigkuchenpferd**: sehr glücklich aussehen
**die Umarmung, en**: jemanden in den Arm nehmen
**die Stütze, n**: eine große Hilfe
**scherzen**: einen Witz machen

„Valeska, da bist du ja! Ich muss einen Moment mit dir sprechen. In meinem Büro“, rief ihr Chef ihr zu.

Ihr Herz fing an zu rasen. Sie wusste, dass dieses Gespräch sich nicht um eine **Gehaltserhöhung** drehen würde. Mit **gesenktem** Kopf folgte sie ihm in sein Büro.

„Ich habe schlechte Nachrichten für dich. Der Vorstand der Firma macht derzeit eine Umstrukturierung unserer Mitarbeiter. Alle Angestellten, die keine Muttersprachler und nicht auf dem C1-Niveau sind, müssen eine Prüfung ablegen oder sie können nicht mehr auf ihrem aktuellen Posten bleiben.“

„Was genau soll das heißen, Chef?“, fragte Valeska schockiert.

„Das soll heißen, dass du bis zum Sommer ein C1-Zertifikat **vorlegen** musst oder wir können dich nicht weiter hier beschäftigen. Es tut mir sehr leid.“

---

**die Gehaltserhöhung, en**: mehr Geld im Job bekommen
**gesenkt**: nach unten schauend
**etwas vorlegen**: etwas zeigen/präsentieren
**etwas verursachen**: etwas machen, für etwas verantwortlich sein

„Aber ihr habt mich doch damals mit einem B1-Zertifikat angestellt und ich habe euch nie Probleme **verursacht**! Was soll das jetzt? Ich fühle mich diskriminiert!"

„Ich verstehe deinen Ärger, Valeska. Diese Entscheidung kommt von ganz oben aus dem Vorstand. Wir müssen sie akzeptieren, ob sie uns gefällt oder nicht. Du bist eine großartige Mitarbeiterin und wir wollen dich nicht verlieren. Ich weiß, dass du das schaffen kannst!"

Trotz der **ermutigenden** Worte ihres Vorgesetzten war Valeska in einem Schockzustand. Zuerst die **gescheiterte** Ehe und nun sollte auch noch ihr Beruf scheitern, weil ihr Deutsch nicht gut genug war? Mit Tränen in den Augen verließ sie sein Büro, ihr Flug nach Dubai bereitete ihr nun überhaupt keine Freude mehr.

---

**gescheitert**: kaputt, verloren
**ermutigend**: motivierend, positiv

# KAPITEL 4
# EMILY WHITE

Die Tochter eines reichen und berühmten Geschäftsmannes aus New York zu sein, war ein Traum - zumindest für das durchschnittliche amerikanische Mädchen. Für Emily, die tatsächlich in dieser Position war, war es ein goldener **Käfig**.

Sie war nun schon seit drei Jahrzehnten auf dieser Erde, aber konnte nur wenige dieser Jahre wirklich glücklich erleben. Ihr Vater Charles wollte, dass Emily **in** seine **Fußstapfen trat** und sein Geschäft **übernahm**, so wie er es von seinem Vater und dieser von seinem Vater übernommen hatte. Ihr Urgroßvater war ein hoch angesehener Unternehmer aus den Vereinigten Staaten, der seinen **immensen** Reichtum mit Stahl und Öl **erlangt** hatte. Es war Tradition in der Familie White, das

---

**der Käfig, e**: ein Raum aus Metallgittern für gefangene Tiere, z.B. im Zoo
**in die Fußstapfen von jemandem treten**: einer Person nachfolgen, das Gleiche wie eine andere Person tun
**etwas übernehmen**: etwas weiterführen, sich um etwas kümmern
**immens**: sehr groß, riesig
**etwas erlangen**: etwas bekommen, für etwas arbeiten

**Erbe aufrechtzuerhalten**. Emily wuchs mit allem auf, was man sich wünschen konnte, aber das Wichtigste in ihrem Leben fehlte ihr und sie würde es niemals wieder zurückbekommen.

Ihre Mutter Heidi starb, als sie zwölf Jahre alt war. Sie kam aus Süddeutschland und hatte als Flugbegleiterin für ein Privatjet-Unternehmen gearbeitet. Sie lernte Emilys Vater kennen, als sie ihm auf einer Reise nach New York Getränke servierte. Die beiden verliebten sich sofort und ihre Mutter zog kurze Zeit später in die amerikanische Metropole. Sie ließ ihr ganzes Leben in Deutschland zurück, um auf der anderen Seite der Welt ihr Glück zu finden. Und das tat sie auch - bis sie eines Tages einer schweren Krankheit **erlag**.

Um den Schmerz zu **verarbeiten** und **sich abzulenken**, stürzte Emilys Vater sich in die Arbeit. Und wenn er nicht arbeitete, war er auf Reisen mit seinen Golfpartnern. Seitdem hatte seine Tochter niemanden mehr, der wirklich für sie da war. Aber schon vor dem Tod ihrer Mutter war er immer beschäftigt und fand nie Zeit,

---

**ein Erbe aufrechterhalten**: das Erbe schützen/weiterführen
**etwas (D) erliegen**: an etwas sterben, z.B. einer Krankheit
**etwas verarbeiten**: mit etwas klarkommen/fertigwerden
**sich ablenken**: sich mit etwas beschäftigen, um nicht nachzudenken

sich um seine Tochter zu kümmern. Selbst auf ihren **Abschlussball** der High School ging er nicht, da er wie immer einen Termin hatte, der ihm wichtiger war. Er **rechtfertigte sich** stets damit, dass er mehrere Hausangestellte hatte, die sich um das Mädchen kümmerten.

Und so hatte Emily alles und doch nichts im Leben, so fühlte sie sich zumindest. Sie **beneidete** andere Familien, die gemeinsam in die Ferien fuhren - ohne Butler oder Kindermädchen, einfach nur ein ganz **gewöhnlicher** Familienurlaub.

Alles Zwischenmenschliche lernte sie von den Angestellten des Hauses oder von ihren beiden älteren Brüdern. Die zwei waren nur ein paar Jahre älter als sie und nahmen sie oft zu Baseballspielen oder gemeinsamen Ausflügen mit ihrem Segelboot mit. Aber im Laufe der Zeit verlor sie den Kontakt zu ihnen, denn beide heirateten und

---

**der Abschlussball, -bälle**: die Feier am Ende der Schulzeit
**sich rechtfertigen**: etwas begründen/beweisen
**jemanden beneiden**: ein negatives Gefühl, wenn andere etwas haben, was man selbst nicht hat
**gewöhnlich**: normal, herkömmlich

zogen aufs Land, während Emily in New York blieb und ihr Leben der Kunst und Musik **widmete**

Ihr Vater wollte immer, dass seine drei Kinder eines Tages seine Firma übernehmen und die Familientradition fortführen würden. Aber den beiden Brüdern wurde schon früh klar, dass sie dann keine Zeit für eine eigene Familie hätten und **weigerten sich** deshalb, in das Unternehmen einzusteigen. So blieb nur noch Emily übrig und ihr Vater versuchte jahrelang **vergeblich**, sie mit **an Bord** zu **holen**. Und obwohl auch sie ihm früh gesagt hatte, dass sie nicht interessiert war, verbrachte sie Jahre damit, ihn zu Konferenzen und Geschäftsessen auf der ganzen Welt zu **begleiten** und ihn dabei zu beobachten, wie er sein **Vermögen** vergrößerte. Sie hatte

damals keine andere Wahl, denn sie war **auf** ihn **angewiesen**. Bisher hatte sie keinen Beruf gefunden, der sie wirklich erfüllte und ohne die finanzielle Zuwendung ihres

---

**sich (A) etwas (D) widmen**: einer Sache seine Zeit schenken
**sich weigern**: etwas nicht tun, weil man es nicht will
**vergeblich**: ohne Erfolg
**jemanden an Bord holen**: jemanden einstellen
**jemanden begleiten**: mitgehen
**das Vermögen, -**: eine große Menge Geld

Vaters konnte sie ihren **ausschweifenden** Lebensstil nicht halten.

Sie wünschte sich nichts mehr, als **Aufmerksamkeit** von ihrem Vater zu bekommen. Als er sie das letzte Mal in den Arm nahm, war sie vielleicht zwölf Jahre alt. Mittlerweile war sie einunddreißig und stand an einem Punkt in ihrem Leben, an dem sie nicht mehr weiterwusste.

Ihre Sorgen teilte sie nur mit ihrer besten Freundin Lisa, die sie schon seit dem Kindergarten kannte. Die beiden verstanden sich blind und wussten immer, wie sie sich gegenseitig **aufmuntern** konnten.

So auch eines Tages, als Lisa mit einem **Freudensprung** in Emilys schickem Upper East Side-Apartment **auftauchte**.

„Emily, halt dich fest!", schrie sie ihre Freundin an.

---

**auf jemanden angewiesen sein**: jemanden brauchen, ohne Hilfe nicht klarkommen
**ausschweifend**: übertrieben, luxuriös
**die Aufmerksamkeit, en**: Zeit schenken, sich konzentrieren auf eine Sache/Person
**jemanden aufmuntern**: jemanden trösten, jemandem gute Laune bereiten
**der Freudensprung, -sprünge**: vor Freude in die Luft springen
**auftauchen**: plötzlich da sein

„Lisa, entspann dich, ich bekomme noch einen **Hörsturz**!", entgegnete sie mit weit aufgerissenen Augen.

Beide lachten.

„Ich habe den perfekten Job für dich gefunden!", sagte Lisa, dieses Mal in normaler Lautstärke. „Für unsere internationalen Aktivitäten suchen wir einen Praktikanten oder eine Praktikantin im Bereich Veranstaltungsmanagement mit hervorragenden Englischkenntnissen."

„Das klingt spannend, wo ist das?", fragte sie **neugierig**.

„In München!"

„München in Süddeutschland?" Emily riss die Augen weit auf.

„Ja, am Münchner Flughafen!"

Emily **schossen** Tränen in die Augen. Sie musste sofort an ihre Mutter denken, die aus der Nähe von München stammte und auf Flughäfen zuhause gewesen war. Ihr

---

**der Hörsturz, stürze**: nicht mehr hören können
**neugierig**: etwas wissen wollen
**schießen**: sehr schnell kommen

gingen in diesem Moment so viele Erinnerungen durch den Kopf. Als kleines Kind war sie oft in Deutschland gewesen, um ihre Großeltern zu besuchen, aber nach deren Tod **riss** der Kontakt zu der Heimat ihrer Mutter **ab**. Obwohl sie damals ganz gut Deutsch konnte, hatte sie seit diesem **Vorfall** nicht mehr in ihrer zweiten Muttersprache gesprochen. Dennoch konnte sie sich noch an einige Wörter erinnern.

„Ich kann es nicht glauben. Das klingt wie ein Zeichen von meiner Mama. Sie würde bestimmt wollen, dass ich dorthin gehe, schließlich bin ich zur Hälfte Deutsche! Ich werde mich bewerben. Danke Lisa, das ist genau die Nachricht, die ich jetzt in meinem Leben brauche! Du kommst mich hoffentlich dort besuchen!"

„Darauf kannst du dich verlassen, Schwester!"

Emily hatte zwar noch nie außerhalb von New York gewohnt, aber sie fühlte sich mehr als bereit dazu, etwas

---

**abreißen**: aufhören, verschwinden
**der Vorfall, Vorfälle**: das Ereignis, etwas passiert
**etwas wagen**: etwas riskieren/ausprobieren
**Fuß fassen**: sich an einem Ort einleben/klarkommen
**mager**: *hier*: sehr wenig, gering
**einrosten**: alt oder unbenutzbar werden
**begeistert**: sehr erfreut, interessiert

Neues zu **wagen**. Schließlich kam sie in Manhattan gut klar, dann würde sie doch bestimmt auch in München **Fuß fassen** können. Außerdem hatte sie den riesigen Vorteil, dass sie finanziell abgesichert war und auch mit einem **mageren** Gehalt als Praktikantin sehr gut leben könnte. Und so bekam sie nach einem kurzen Bewerbungsprozess die Stelle im Veranstaltungsmanagement. Dass ihr Deutsch etwas **eingerostet** war, schien für die Personalabteilung kein Problem zu sein. Ihr Vater war von der Idee zwar nicht **begeistert**, aber er unterstützte sie - wenn auch nur finanziell und nicht mit einer Umarmung, die sie viel lieber gehabt hätte.

„Die Bestätigung deiner Flugtickets und den Vertrag für dein neues Apartment habe ich dir per E-Mail weitergeleitet. Pass auf dich auf!“, waren die einzigen Worte, die sie von ihm hörte. Da er wieder mal auf Reisen war, konnte sie sich nicht persönlich von ihm verabschieden. Wenigstens hatte er alles für sie organisiert, obwohl sie das mit ihren einunddreißig Jahren auch selbst gekonnt hätte.

Die Ankunft in München war für sie wie eine Zeitreise und weckte viele Erinnerungen in ihr. Ihr Apartment befand sich im teuersten Viertel Münchens, in Ludwigsvorstadt, ganz in der Nähe der Theresienwiese, wo jährlich das weltbekannte Oktoberfest stattfand.

Nach sechs Monaten hatte sich Emily bereits gut in ihren Job eingearbeitet. Da sie Praktikantin war, konnte sie alles **von Grund auf** lernen und hatte nicht so viel Verantwortung wie andere Angestellte. Sie half dabei, Werbeveranstaltungen zu organisieren und kümmerte sich um die Social-Media-Kanäle der Fluggesellschaft. Das Geld interessierte sie nicht, ihr ging es um eine neue **Herausforderung**. Sie hatte sich sogar schon einen kleinen Freundeskreis aufgebaut, mit dem sie regelmäßig ausging.

Alles lief so weit gut, bis ihr Chef eines Tages vor ihrem Schreibtisch stand und sagte:

„Ich muss mit dir sprechen, kommst du bitte mit in mein Büro?"

Sie wusste, dass jetzt keine Einladung in den Park folgen würde.

„Emily, wir haben von ganz oben neue Regeln bekommen. Es geht um deine Deutschkenntnisse, die sind

---

**von Grund auf**: von Anfang an, ohne Kenntnisse
**die Herausforderung, en**: eine neue Situation oder Aufgabe, für die man kämpfen muss

dem Vorstand nicht gut genug. Alle Mitarbeiter müssen in Zukunft das C1-Niveau **vorweisen**, sonst können sie nicht weiter beschäftigt werden."

„Was heißt in Zukunft?", fragte Emily verwirrt und nervös.

„Bis zum Sommer", erhielt sie als Antwort.

„Das sind aber nur noch drei Monate!", entgegnete sie überrascht.

„Dann würde ich an deiner Stelle direkt mit dem Lernen anfangen", sagte ihr Chef und zog die Augenbrauen hoch. Die beiden verstanden sich zwar gut, aber Emily war erst seit Kurzem im Betrieb tätig und war ihrem **Vorgesetzten** erst ein paar Mal persönlich begegnet.

Zuhause angekommen, legte sie sich in ihr Bett und **schluchzte**. Sie nahm das Foto ihrer Mutter in die Hand, das auf ihrem Nachttisch stand und schaute es **innig** an.

„Ich schaffe das, Mama. Das verspreche ich dir!" Mit dem Bild in der Hand schlief sie **erschöpft** ein.

---

**etwas vorweisen**: etwas zeigen/vorlegen
**der Vorgesetzte, n**: Mitarbeiter, der über einem steht; der Chef
**schluchzen**: sehr traurig sein, weinen, schwer atmen
**innig**: mit viel Gefühl
**erschöpft**: sehr müde, ohne Kraft

# KAPITEL 5
# BEGEGNUNGEN

Emily hatte schon viele dunkle Tage erlebt und auch wenn das ihr gestellte Ultimatum nicht zu den dunkelsten Tagen in ihrem Leben gehörte, so war die Situation für sie doch **bedrohlich**. Ihr neu gefundener Job **hing an** einem **seidenen Faden** und sie wusste nicht, wie es weitergehen würde. Die Stelle am Flughafen war für sie die bisher größte Chance, endlich einen passenden Beruf zu finden und die wollte sie auf keinen Fall **verspielen**.

Wo sollte sie in dieser **Lage** anfangen? Was sollte sie tun? Wie konnte sie sich motivieren, so schnell Deutsch auf C1-Niveau zu lernen? Das waren Fragen, auf die sie keine Antwort hatte. Sie konnte zwar ganz gut sprechen und verstand auch das meiste, was sie hörte. Aber wenn es um **fachsprachliche** Kommunikation ging oder das Schreiben von Mails oder Berichten auf der Arbeit, dann **kam** sie

---

**bedrohlich**: gefährlich, riskant
**an einem seidenen Faden hängen**: auf dem Spiel stehen, in einer kritischen Lage sein
**etwas verspielen**: etwas verlieren/riskieren
**die Lage, n**: die Situation, die Position
**fachsprachlich**: ein spezieller Wortschatz, z. B. medizinisch, juristisch etc.

schnell **ins Schwitzen**. Das hatte sie als kleines Mädchen natürlich nicht gelernt.

An diesem Tag verließ sie die Arbeit etwas früher, weil sie sich auf nichts mehr konzentrieren konnte. Ihre direkte Vorgesetzte Monika hatte schon bemerkt, dass es Emily nach dem **gestrigen** Gespräch mit dem Chef nicht gut ging.

„Geh ruhig schon etwas früher, Emily. Du musst doch bestimmt noch Deutsch lernen!“, sagte Monika mit einem **Augenzwinkern**.

„Danke dir, das weiß ich zu schätzen. Wir sehen uns dann morgen!“, erwiderte sie und verließ das Büro.

Kaum verließ sie das Flughafengebäude, klingelte ihr Handy. Es war Stephan, ein mittlerweile guter Freund von ihr, den sie im Fitnessstudio kennengelernt hatte. Er hatte ihr beim ersten Training geholfen, sich an den Geräten zurechtzufinden und ihr sogar einige deutsche Fitness-Vokabeln beigebracht: **Hanteln, Bankdrücken** und

---

**ins Schwitzen kommen**: in Stress kommen, unter Druck sein
**gestrig**: Adjektiv zu *gestern*
**das Augenzwinkern** (*nur Singular*): ein Auge kurz schließen, um zu kommunizieren
**die Hantel, n**: Sportgerät, Gewicht für die Arme

**Wasserspender** - drei Wörter, die sie im Fitnessstudio unbedingt brauchte.

„Hallo Emily, wie geht's dir, wo treibst du dich die Tage herum?“, fragte Stephan sie. Sie freute sich immer, wenn er sich bei ihr meldete. Hin und wieder telefonierten sie oder trafen sich, um über Gott und die Welt zu **quatschen**.

„Hi Steph! Ach, es ging mir schon mal besser. Ich habe im Job schlechte Nachrichten bekommen und bin ziemlich **frustriert**.“

„Oh je, was ist passiert?“, wollte er wissen.

„Ach, das erzähle ich dir am liebsten mal persönlich. Sollen wir später etwas essen gehen?“, bot Emily ihm an.

„Das können wir gerne machen! Komm, lass uns doch ein wenig Spaß haben und dich auf andere Gedanken bringen. Wie wäre es mit dem Hofbräuhaus? Da gibt es

---

**das Bankdrücken** (*nur Singular*): Krafttraining für die Muskeln
**der Wasserspender, -**: Gefäß mit Wasser zum Trinken
**quatschen**: sprechen, sich unterhalten (umgangssprachlich)
**frustriert**: enttäuscht, gestresst

leckeres Essen und ein kühles Bier, damit du einen kühlen Kopf bekommst“, scherzte er.

Das Hofbräuhaus war der Treffpunkt für Touristen, aber auch internationale **Zugezogene** aus aller Welt. Dort herrschte immer gute Laune und man konnte jede Menge neue Leute kennenlernen. Emily war einverstanden und machte sich mit der Bahn auf den Weg zum Marienplatz. Von dort waren es nur ein paar Minuten zu Fuß, vorbei an den **prächtigen Bauten** der Münchner Innenstadt. Da sie noch etwas Zeit hatte, machte sie einen kleinen **Schaufensterbummel** durch die Kaufingerstraße. Etwas Shopping war ja bekanntlich gut für die Seele. Im Hofbräuhaus angekommen, wartete Stephan schon an der Bar auf sie. Sie setzte sich zu ihm an den Tresen und schaute ihn mit traurigen Augen an.

„Wenn ich nicht bis zum Sommer die C1-Prüfung geschafft habe, verliere ich meinen Job!“, **sprudelte** es direkt aus ihr **heraus**. „Das sind nur noch drei Monate! Was ist, wenn ich das nicht schaffe?“

---

**der Zugezogene, n**: jemand, der an einen anderen Ort gezogen ist
**prächtige Bauten**: sehr schöne Gebäude, oft in altem Stil
**der Schaufensterbummel, -**: durch die Einkaufsstraße laufen und Geschäfte anschauen
**heraussprudeln**: schnell und viel herauskommen

„Ach Emily. Ich dachte, es wäre etwas viel Schlimmeres passiert! Ganz ehrlich, dein Deutsch ist doch schon **hervorragend**, du musst nur etwas daran **feilen**, dann schaffst du die Prüfung locker! Außerdem... Du hast doch genug Geld, um dir jeden Privatlehrer zu holen. Ich mache mir bei dir überhaupt keine Sorgen, dass du das schaffen wirst!"

„Weißt du was, Steph? Du hast recht. Es gibt keine Probleme im Leben, sondern nur Lösungen. Prost!" Sie warf ihm einen erleichterten Blick zu und **stieß** mit ihm **an**. Im selben Moment hörte sie eine männliche Stimme mit ausländischem Akzent neben ihr.

„Sag mal, arbeitest du zufällig am Flughafen?"

Emily drehte sich zu ihm und schaute in das Gesicht eines dunkelhaarigen, jungen Mannes mit einem weißen Polohemd.

„Ähm, ja. Wieso?" Sie lachte nervös.

„Ich habe gerade zufällig gehört, was du über die C1-Prüfung gesagt hast. Gestern habe ich von meinem Chef die

---

**hervorragend**: exzellent, ausgezeichnet
**an etwas feilen**: etwas verbessern
**anstoßen**: die Gläser zusammenbringen

**frohe Botschaft** bekommen, dass ich meinen Job verliere, wenn ich durch die Prüfung falle."

„Moment! Du arbeitest auch bei MünchAir?", fragte sie ihn mit **weit aufgerissenen** Augen. Die Überraschung war ihr ins Gesicht geschrieben.

„Ja, das tue ich! Aber nicht nur ich, wir sind heute mit der ganzen Mannschaft hier und feiern den Sieg von Bayern München gegen Real Madrid. Es gibt noch zwei andere aus der Firma, die auch in der gleichen Situation wie wir beide sind. Wir haben sie gerade erst kennengelernt."

„So ein **Riesenzufall**, das gibt's doch nicht!", rief Emily, sie fühlte sich in diesem Moment so, als hätte sie eine neue Familie gefunden.

„Komm, ich stelle euch vor!", bot Miguel an.

Gemeinsam gingen sie an den großen Holztisch, an dem ungefähr zwanzig Personen saßen, alle aus derselben Fluggesellschaft, bei der sie schon seit einer Weile arbeitete. Ein paar der Leute kannte sie schon, die anderen hatte sie noch nie gesehen. Kein Wunder, bei MünchAir arbeiten mehrere Hundert Leute und viele davon waren

---

**eine frohe Botschaft**: eine gute Nachricht (*hier aber ironisch*)
**weit aufgerissen**: sehr weit offen
**der Riesenzufall, zufälle**: ein sehr großer Zufall

ständig in der Luft unterwegs. Eine davon war Valeska, die Miguel ihr zuerst vorstellte.

„Hallo Emily, schön, dich kennenzulernen. Du bist also auch eine unserer **Leidensgenossinnen**, die die C1-Prüfung bestehen muss."

Emily nickte, sie versuchte trotz ihrer **Bedrücktheit** positiv zu bleiben.

„Kennst du James schon?", fragte Valeska. „Er ist der Vierte **im Bunde** und wegen der Nachricht vom Vorstand genauso verzweifelt wie wir alle."

„Hi Emily, nice to meet you!" Der rothaarige Riese aus dem Vereinigten Königreich streckte ihr die Hand zur Begrüßung entgegen. Sein schottischer Akzent war nicht zu **überhören**.

Die vier standen in einem kleinen Kreis mitten in der riesigen Menge des Hofbräuhauses und schauten sich **ratlos** an.

---

**der Leidensgenosse, n**: jemand, der in der gleichen, schlechten Position ist
**die Bedrücktheit, en** (*Plural selten*): die Sorge, die Traurigkeit
**im Bunde**: in der Gruppe, im Team
**etwas überhören**: etwas nicht hören
**ratlos**: ohne Idee oder Plan

„Was sollen wir jetzt machen?“, fragte James und seufzte.

„Jetzt in diesem Moment können wir wenig tun. Ich schlage vor, wir suchen uns morgen einen Deutschkurs und beginnen so schnell wie möglich mit dem Unterricht, nicht wahr?“ Valeska sprach sehr selbstbewusst und optimistisch, und Emily sah sie **stirnrunzelnd**, aber **nickend** an.

„Lasst uns anstoßen auf die Herausforderungen, die uns das Leben bringt!“ Valeska hob ihren Bierkrug und die anderen taten es ihr gleich. Mit einem lauten **Klirren** stießen sie auf ihr **Dilemma** an.

„Prost!“

---

[186] **stirnrunzelnd**: die Stirn hochziehen, sodass sie Falten bekommt
[187] **nickend**: wann man nickt
[188] **das Klirren** (*nur Singular*): das Geräusch, wenn Gläser zusammenstoßen
[189] **das Dilemma, s/Dilemmata**: die Notlage, das Problem

## KAPITEL 6
# DIE SUCHE BEGINNT

Am nächsten Morgen wachte Miguel in seinem Bett auf und hatte **stechende** Kopfschmerzen. Sofort dachte er an seinen letzten Besuch im Hofbräuhaus und wie er damals seinen Geldbeutel verloren hatte. Er sah sich **hektisch** in seinem Zimmer um, um sicherzugehen, dass er alles mit nach Hause gebracht hatte.

Er war erleichtert, als er feststellte, dass er sein Hab und Gut auf seinem Nachttisch abgelegt hatte. Er trank einen großen Schluck Wasser aus der Flasche, die neben seinem Bett stand und fühlte sich sofort besser. Seinen Wecker musste er überhört haben, denn es war schon weit nach 6 Uhr morgens. Dass er verschlafen hatte, war im Moment aber nicht sein größtes Problem. Wenn er nicht gut genug Deutsch lernte, um seinen Job zu behalten, würde ihm der Wecker nichts nützen. Unangenehme Gedanken **machten sich** in seinem Kopf **breit** und er beschloss, aufzustehen und sich im Bad frisch zu machen. Heute war ein großer Tag, denn er musste einen Deutschlehrer finden.

---

**stechend**: eine bestimmte Form von (starken/intensiven) Schmerzen
**hektisch**: in Eile, nervös
**sich breit machen**: sich ausbreiten

Etwa fünf Kilometer **Luftlinie** von ihm entfernt erlebte Emily einen seltsamen Morgen. Sie wachte mit gemischten Gefühlen in ihrem Bett auf. Sie war nicht daran gewöhnt, für Dinge in ihrem Leben kämpfen zu müssen, denn ihr war immer alles **auf einem Silbertablett serviert** worden. Auf der einen Seite hatte sie Vertrauen in ihre Fähigkeiten und wusste, dass sie die Prüfung schaffen konnte. Auf der anderen Seite **plagten** sie **Zweifel**, dass drei Monate nicht ausreichen würden, um so ein hohes Niveau zu erreichen. Schließlich war die deutsche Sprache alles andere als einfach und vor allem der schriftliche Ausdruck bereitete ihr die größten Schwierigkeiten. Sie beschloss, ihre Freundin Lisa anzurufen, denn die hatte immer ein offenes Ohr und einen guten Rat.

„Hi Emily, wie ist das Leben in Germany?“, meldete sich Lisa am anderen Ende. Die beiden hatten schon fast eine Woche nicht mehr telefoniert und ihre Freundin wusste noch nichts von ihrem Dilemma.

„Es geht mir soweit ganz gut, aber ich habe eine schlechte Nachricht in meiner Firma bekommen. Der

---

**die Luftlinie, n**: die Distanz in der Luft
**jemandem etwas auf einem/dem Silbertablett servieren**: es jemandem sehr leicht machen
**jemanden plagen Zweifel**: wenn man sich nicht sicher ist und sich deshalb unwohl fühlt

Vorstand will, dass wir unser Deutsch verbessern, sonst werden wir **entlassen**."

„Meinst du das ernst?"

„Ja, leider."

Lisa schwieg, denn sie wusste zunächst nicht, was sie sagen sollte. Nach einer kurzen Pause sagte reagierte sie: „Emily, diese Situation ist zwar nicht das, was du sonst von deinem Leben kennst. Aber weißt du was? Ich glaube, diese Herausforderung ist genau das, was du jetzt brauchst. Denk nur an den Moment, wo du dein C1-Zeugnis in den Händen hältst. Du weißt ganz genau, dass man alles im Leben schaffen kann, wenn man es wirklich will. Schließlich bist du eine White, dein Urgroßvater hat damals auch nicht aufgegeben, als es schwierig wurde und du wirst das auch nicht!"

„Wie recht du hast, Lisa! Ich kann nicht den ganzen Tag **schmollen** und mich fragen, was passieren wird. Ich muss mich auf die Suche nach einem Deutschkurs machen, **die Zeit läuft**!"

---

**jemanden entlassen**: jemandem kündigen, jemanden feuern
**schmollen**: zeigen, dass man traurig oder deprimiert ist
**Die Zeit läuft**: wenn man ein Zeitlimit hat

„Kann ich dir irgendwie helfen?“

„Du hast mir schon mehr geholfen, als du dir vorstellen kannst. Danke, du bist ein Schatz!“, entgegnete Emily.

„Melde dich jederzeit, ich bin für dich da", **bestärkte** sie ihre Freundin und verabschiedete sich. [199]

Als Miguel in die kühle Morgensonne trat, fühlte es sich an, als würde seine Haut eine Adrenalinspritze erhalten. Er trug ein langärmeliges Hemd, Jeans und Turnschuhe. Während er den Bürgersteig entlangging, beobachtete er die **vorbeilaufenden** Menschen. Wohin sie wohl gingen? Bestimmt nicht in eine Sprachschule so wie er, denn sicher war ihr Deutsch schon perfekt. Er würde alles tun, um seinen Job nicht zu verlieren, aber die Angst, die er **verspürte**, machte die Situation für ihn viel schwieriger und er konnte nicht so klar denken wie sonst.

Über die Arbeit nachzudenken, würde ihm im Moment nicht helfen, denn er musste so schnell wie möglich einen Kurs finden. Kurz bevor er das Haus verließ, rief er noch bei

---

**jemanden bestärken**: jemandem gut zusprechen, jemanden motivieren
**vorbeilaufend**: vorbeigehen
**etwas verspüren**: etwas fühlen/empfinden

einigen Sprachschulen an, die er im Internet gefunden hatte.

„Unsere nächsten Kurse finden erst wieder ab Juni statt“, hörte er von einem der Sprachinstitute.

„Derzeit bieten wir nur B1- und B2-Kurse an, tut mir leid!“, ließ eine andere Schule ihn wissen.

„Unser C1-Prüfungsvorbereitungskurs ist leider schon voll.“ Der Mitarbeiter der dritten Sprachschule hatte auch keinen passenden Kurs für die vier Deutschlerner, nicht mal für eine einzelne Person.

**In Gedanken versunken** lief er durch die Straßen der bayerischen Hauptstadt. Spazierengehen tat immer gut und brachte ihn auf andere Gedanken. Als er um die Ecke bog, stieß er auf dem **belebten Bürgersteig** mit einer jungen Frau zusammen, die gerade ihre morgendliche Joggingrunde absolvierte.

„Oh, es tut mir so leid!“, sagte er und half ihr, das **Gleichgewicht** wiederzufinden. Sie lächelte ihn freundlich an.

---

**in Gedanken versinken**: intensiv nachdenken, sich zerstreuen
**belebt**: mit vielen Menschen
**der Bürgersteig, e**: der Gehweg
**das Gleichgewicht, e** (*Plural selten*): die Balance

„Es ist alles in Ordnung, danke schön! Ich bin diejenige, der es leidtut. Ich bin zu schnell gelaufen und habe alles um mich herum **ausgeblendet**."

Miguel nickte, auch wenn er sie nicht ganz verstand, denn sie **sprach gebrochenes Deutsch**; genau wie er.

„Bist du Spanierin?"

„Nicht ganz, ich komme aus Chile. Aber Spanisch ist natürlich meine Muttersprache. Woher kommst du?"

„Ich habe mir schon gedacht, dass du meine Sprache sprichst!", antwortete er auf Spanisch. „Ich bin Miguel aus Málaga. Freut mich sehr, dich kennenzulernen."

„Ich heiße Nora."

„Bist du schon lange in München?", fragte er sie interessiert.

„Eigentlich nicht, ich bin erst vor fünf Monaten hergekommen."

---

**etwas ausblenden**: etwas ignorieren/nicht realisieren
**gebrochenes Deutsch sprechen**: nicht so gutes Deutsch sprechen

„Das ist ja interessant, dann herzlich willkommen! Ich bin schon seit Jahren hier und verbringe meinen Samstag damit, einen Deutschlehrer zu suchen."

„Dann hast du Glück, denn ich kenne zufällig einen sehr guten Deutschlehrer. Ich gebe dir seine Nummer."

Miguel machte einen **innerlichen** Freudensprung, als er die Handynummer bekam. Dass sich sein Problem so schnell lösen würde, hätte er nicht gedacht.

„Tausend Dank, du bist meine Rettung!"

„Das mache ich gerne, wir Deutschlerner müssen schließlich zusammenhalten!" Mit einem letzten Lächeln rannte sie davon.

---

**innerlich**: im Inneren, in der Seele/dem Geist

# KAPITEL 7
# DIE SUCHE GEHT WEITER

„Sind Sie sicher, dass Sie mich nicht annehmen können?“

„Junge Frau, wir können Ihnen nicht bieten, was Sie brauchen. Nicht in diesem **zeitlichen Rahmen** und **Umfang**, es tut mir wirklich leid!“

Valeska seufzte und ging mit gesenkten Schultern aus dem kleinen Schulungsgebäude in der Schillerstraße. Allein an diesem Morgen war sie bei vier verschiedenen Sprachschulen gewesen. Keine von ihnen hatte sie annehmen können, weil die Kurse entweder zu spät anfingen oder schon ausgebucht waren.

Sie trat an den Straßenrand und suchte **verzweifelt** nach einer weiteren Möglichkeit. Es musste doch etwas Passendes geben! Bevor sie ihre Suche fortsetzte, beschloss sie, etwas zu essen. Sie **warf einen** kurzen **Blick auf** ihre Uhr, die 14.55 Uhr anzeigte.

---

**der zeitliche Rahmen**: der Zeitraum, die Dauer
**der Umfang, Umfänge** (*Plural selten*): die Menge, die Anzahl
**verzweifelt**: hoffnungslos, ohne Lösung
**einen Blick auf etwas werfen**: auf etwas schauen

Sie hatte den ganzen Vormittag und den frühen Nachmittag damit verbracht, alle Empfehlungen und Kontakte, die sie von Freunden bekommen hatte, **auszuschöpfen**. Als sie um die Ecke eine Konditorei entdeckte, ging sie auf sie zu.

Ihr Appetit auf Süßes hatte in den letzten vierundzwanzig Stunden stark zugenommen, und sie wusste auch warum. Stress bekam ihr sehr schlecht, vor allem, wenn er mental **bedingt** war. Wenn er körperlich war, wusste sie, dass sie nur ein wenig schlafen musste, damit es ihr besser ging. Aber in diesem Fall halfen nur ein paar **köstliche** Butterkekse. Sie betrat das Geschäft und atmete erst einmal all die süßen Düfte ein.

„Hallooo, ich muss hier durch!" Eine leise Stimme **ertönte** hinter ihr und sie spürte, wie jemand sie am Bein antippte. Sie drehte sich um und musste nach unten schauen, um die kleine Person zu sehen, die mit ihr gesprochen hatte. Es war ein junges Mädchen, etwa fünf

---

**etwas ausschöpfen**: etwas komplett nutzen
**bedingt sein**: der Grund sein
**köstlich**: sehr lecker]
**ertönen**: einen Ton produzieren, hörbar sein

oder sechs Jahre alt. Sie hatte zwei **geflochtene Zöpfe** und trug eine Halskette aus Muscheln.

Valeska lächelte sie an und trat ein Stück zur Seite, damit das Mädchen zu seiner Mutter gehen konnte, die vor ihr in der **Schlange** stand. Die Kleine war zu einem Süßigkeitenregal am Fenster gegangen, um sich mehrere **Schokoriegel** zu holen.

„Das sind viel zu viele! Leg die Riegel wieder zurück, mein Schatz. Einen können wir kaufen", sagte die Mutter mit **sanfter** Stimme.

Anstatt die anderen Riegel wieder ins Regal zu legen, drückte das kleine Mädchen Valeska ihre Schokolade in die Hand.

„Hier, für dich!", sagte sie und grinste **frech**.[221]

Für Valeska war dies ein Geschenk des Himmels und sie freute sich, dass sie nun noch mehr Süßigkeiten hatte, um sich ihren **Frust** von der Seele zu essen.

---

**geflochtene Zöpfe**: eine Frisur
**die Schlange, n**: eine Linie aus Menschen, die auf etwas warten
**der Schokoriegel, -**: ein Riegel (längliches Stück) aus Schokolade
**sanft**: weich, ruhig
**frech**: fröhlich, mutig
**der Frust** (*nur Singular*): der Stress, die schlechte Laune

KLINGELING

In diesem Moment klingelte ihr Handy. Es war ihre Freundin Franziska, die **sich** auch **nach** Deutschlehrern **umgeschaut** hatte, um bei der Suche mitzuhelfen.

„Hallo Valeska, meine Liebe! Wie läuft's?“ **223**

„Keiner hat einen passenden Kurs im Angebot, dabei war ich bei vier verschiedenen Sprachschulen. Hast du etwas erreicht?“

„Bisher leider auch nicht. Das kann doch nicht sein, wir sind schließlich in München und nicht in einem kleinen Dorf am Ende der Welt!“ Franziska seufzte.

„Ja, absolut. Ich weiß gerade auch nicht, was ich tun soll.“ Valeska klang verzweifelt.

„Einfach weitersuchen. Es wird schon noch eine Tür aufgehen! Wo ein **Wille** ist, da ist **bekanntlich** auch ein Weg!“, entgegnete ihre Freundin.

„Du hast mal wieder recht, also weiter geht's!“ Sie legte auf und steckte das Handy zurück in ihre Tasche. Dann ging sie zur Kasse, bezahlte ihre Kekse und drei Schokoriegel und

---

**sich nach etwas umschauen**: nach etwas suchen
**der Wille, n** (*Plural selten*): der Wunsch, das Verlangen
**bekanntlich**: wenn es jeder weiß

lief bis zum Nußbaumpark, wo sie sich auf eine Bank setzte. Während sie aß, beobachtete sie die vorbeigehenden Menschen. Sie war am Ende ihrer Kräfte und wusste nicht, **an** wen **sie** sich noch **wenden** sollte.

Im Nordwesten Münchens hatte auch James eine harte Zeit hinter sich. Er hatte sieben Sprachschulen gefunden und kontaktiert, aber keine hatte freie Plätze in den aktuellen Kursen und die nächsten Kurse würden erst wieder nach dem Sommer beginnen. Dann war es aber schon zu spät. Es war ein **Wettlauf** gegen die Zeit. Er stand vor dem Gebäude der achten Sprachschule und holte tief Luft. Zwar machte er sich keine großen Hoffnungen, aber er wollte trotzdem nicht so schnell **aufgeben**.

**Zögernd** klingelte er an der Tür. Niemand öffnete. Er klingelte nochmal und wartete ungeduldig. Nach knapp einer Minute **wandte** er **sich ab** und ging, weil er den Eindruck hatte, dass niemand mehr antworten würde.

---

**sich an jemanden wenden**: zu jemandem gehen, um Informationen zu bekommen
**der Wettlauf, -läufe**: ein Rennen auf Zeit
**aufgeben**: nicht mehr weitermachen wollen, aufhören
**zögern**: etwas abwarten, nicht sofort machen
**sich abwenden**: sich wegdrehen, weggehen

Als er zwei Schritte gegangen war, hörte er, wie die Tür sich öffnete. Er drehte sich um und blickte in die Augen einer älteren Dame.

„Kann ich Ihnen helfen?“ Ihre Stimme klang **streng**, wie die einer typischen Lehrerin, die jahrelang von ihren Schülern **geärgert** wurde. Sie hatte eine stark **ausgeprägte Zornesfalte** zwischen den Augen und sah nicht gerade so aus, als würde sie sich über den Besuch freuen.

„Hallo! Ich bin James. Ich suche einen Deutschkurs.“

„Ich unterrichte schon seit Jahren nicht mehr!“, entgegnete sie ihm **zornig**.

„Möchten Sie vielleicht wieder anfangen? Wir sind eine Gruppe von vier Lernern, die in drei Monaten eine C1-Prüfung bestehen müssen.“

„Nein, ganz bestimmt nicht. Ich habe genug unterrichtet im Leben.“

„Sie würden uns wirklich helfen!“

---

**streng**: ernst, strikt
**jemanden ärgern**: jemanden schlecht behandeln
**ausgeprägt**: extrem, stark
**die Zornesfalte, n**: eine Falte zwischen den Augen
**zornig**: böse, ernst

„Was verstehen Sie an einem Nein nicht?“, **ächzte** sie mit lauter Stimme und schlug die Tür wieder zu.

„Das war wirklich sehr unhöflich!“, rief er ihr nach und ging davon. Mit **getrübter** Stimmung dachte er über die nächsten Schritte nach.

---

**ächzen**: sich beschweren, klagen
**getrübt**: enttäuscht, traurig

## KAPITEL 8
# ENDLICH AM ZIEL?

Das größte Problem, das die vier hatten, war nicht unbedingt die Suche nach einem Kurs, sondern nach einem ganz bestimmten Kurs. Es musste ein C1-Prüfungsvorbereitungs- Kurs sein, der mehrmals pro Woche stattfand, nur drei Monate dauerte und am besten schon heute begann. Es waren einfach zu viele **Anforderungen** auf einmal. Aber jede Minute, die sie damit verbrachten, nicht das zu finden, was sie brauchten, war eine weitere verlorene Minute. Sie hatten das Gefühl, sich immer mehr von ihrem Ziel zu entfernen.

Valeska befasste sich ab dem **darauffolgenden** Montag wieder damit, einen Kurs zu finden, aber es endete auch bei ihr jedes Mal in Frustration. Am Sonntag gab sie schließlich auf. Sie spielte sogar schon mit dem Gedanken, sich wieder einen Job in ihrem Heimatland zu suchen.

**Bedrückt** zog sie sich ihren Schlafanzug an und machte sich bettfertig, als ihr Telefon mit einer Benachrichtigung vibrierte.

---

**die Anforderung, en**: die Bedingung, das Muss
**darauffolgend**: danach kommend
**bedrückt**: frustriert, deprimiert

*Ich habe gerade mit jemandem gesprochen, der dir helfen kann. Hier ist seine Nummer: 0193 - 6296272.*

Die Nachricht war von einem Kollegen, den sie aus der Zentrale der Firma kannte. Er hatte mitbekommen, was passiert war und sich netterweise die Zeit genommen, sich nach einem Deutschlehrer umzuhören. Sie hatte sich schon auf eine weitere schlaflose Nacht vorbereitet, aber diese Nachricht **verwandelte** ihre Sorgen in ein Lächeln der Hoffnung.

Seit sie mit der Suche begonnen hatte, waren die Optionen nie **zu ihren Gunsten**[242]ausgefallen, denn 99 % der Deutschlehrer in der Stadt hatten so kurzfristig einfach kein passendes Angebot für sie. Privatlehrer waren in München extrem teuer, und sie hätten für den Unterricht in einer Gruppe von vier Personen einen Raum mieten müssen, der in München einfach nicht bezahlbar war.

Am Morgen rief sie die Nummer an, um sich mit dem von ihrem Kollegen organisierten Lehrer zu treffen, aber ihr Anruf wurde nicht **angenommen**. Sie versuchte es den ganzen Tag über, bekam aber keinen Rückruf. Die Hoffnung, die sich allmählich in ihr aufgebaut hatte, **erlosch** wieder.

---

**etwas verwandeln**: etwas verändern/umformen
**zu ihren Gunsten**: zu ihrem Vorteil
**etwas annehmen**: etwas beantworten
**erlöschen**: enden, ausgehen

Gerade als sie sich am Abend darauf vorbereitete, ins Bett zu gehen, klingelte ihr Telefon. Sie schaute nach und sah, dass es der **ersehnte** Rückruf des Lehrers war.

„Guten Abend, ich habe mehrere Anrufe von Ihnen erhalten", ertönte es am anderen Ende ihres Telefons.

„Ja, hallo! Vielen Dank für den Rückruf. Mein Name ist Valeska und ich suche für vier Personen einen Intensivkurs, der uns in drei Monaten auf die C1-Prüfung vorbereitet", erklärte sie mit nervöser Stimme.

„Hmm, lassen Sie mich mal kurz überlegen. Das könnte relativ teuer für Sie werden."

„Ja, das verstehe ich natürlich. Könnten wir die Details besprechen?", fragte sie aufgeregt.

„Gerne! Können Sie morgen Abend zur Adresse meiner Sprachschule kommen? Implerstraße 31b."

„Sicher, um wie viel Uhr passt es Ihnen?", wollte sie von ihm wissen.

„19 Uhr würde mir passen", entgegnete er.

„Ich werde da sein. Ich danke Ihnen vielmals!" Sie legte auf und seufzte vor Erleichterung.

---

**ersehnt**: lange gewünscht

Valeska stand um 18.59 Uhr an der angegebenen Adresse und klingelte an die Tür der Sprachschule. Ein ordentlich gekleideter Mann öffnete und trat heraus.

„Bist du Valeska?“

„Das bin ich“, antwortete sie nervös.

„Schön, dich kennenzulernen, komm rein. Ich bin Florian.“

Valeska schritt an ihm vorbei und sah sich um. Das Klassenzimmer war klein, mit Stühlen, auf denen nur etwa fünf Personen Platz hatten. In einer Ecke stand ein kleines Whiteboard mit Rollen. Die einzige Glühbirne im Klassenzimmer **flackerte**, aber an der Wand direkt ihr gegenüber hing eine Reihe von Zertifikaten. Valeska betrachtete sie **eingehend**.

„Das sind die Zertifikate, die ich im Laufe der Jahre gesammelt habe. Ich habe nach meinem Studium zahlreiche **Fortbildungen** gemacht.“

„Beeindruckend! Also, kommen wir mal zu...?“

KLINGELING

In dieser Sekunde klingelte es an der Tür.

---

**flackern**: leuchten, zittern
**eingehend**: intensiv
**die Fortbildung, en**: die Weiterbildung, Schulung

„Einen Augenblick, bitte!“ Florian ging hinüber zur Tür. Valeska beobachtete, wie er sich mit jemandem unterhielt, der draußen stand. Sie erkannte die Stimme, konnte sie aber nicht direkt einer Person zuordnen. Florian kam zurück und der Mann an der Tür folgte ihm hinein.

„Valeska, das ist Miguel. Er hat mich auch gestern angerufen und nach einem Kurs gefragt.“

„Miguel, so ein Zufall! Ich hätte dir direkt Bescheid gegeben, wenn dieser Kurs **geklappt** hätte!“

„Lustig, ich auch! Ich wollte dich nicht früher anrufen, damit wir nicht nochmal enttäuscht werden.“

Die beiden schauten sich zufrieden an, endlich war wieder **Licht am Ende des Tunnels** zu sehen.

---

**klappen**: funktionieren, gut gehen
**Licht am Ende des Tunnels**: Hoffnung

## KAPITEL 9
# ZUM GREIFEN NAH

„Wie hast du diesen Ort gefunden?“ Valeska konnte ihre positive Überraschung nicht **zurückhalten**.

Ein **kratzendes** Geräusch ertönte und die beiden drehten sich um. Sie sahen Florian dabei zu, wie er einen großen Schreibtisch durch den Raum zog. Es handelte sich wahrscheinlich um sein Lehrerpult. Er **mühte sich sichtlich ab**, der Tisch sah sehr schwer aus.

„Brauchst du Hilfe, Florian?“, fragte Miguel, aber Florian schüttelte **verneinend** den Kopf.

„Nein, alles gut. Unterhaltet euch ruhig weiter, ich bin gleich wieder da.“ Er stellte den Schreibtisch ab und verschwand hinter der Tür.

„Wie findest du ihn?“ Miguel drehte sich zu Valeska, die sich schon an einen der Tische gesetzt hatte.

---

**etwas zurückhalten**: etwas nicht zeigen oder sagen
**kratzend**: spitzig, scharf, hart (z.B. Nägel)
**sich sichtlich abmühen**: sich offensichtlich anstrengen
**verneinend**: nein meinen

„Er macht einen **soliden** Eindruck. Ich denke, er weiß, was er tut. Was meinst du?“

„Den Eindruck habe ich auch.“

„Sollen wir den anderen direkt Bescheid geben?“, fragte Valeska.

„Lass uns erst mal die Details besprechen und den Preis verhandeln. Wo ist Florian denn überhaupt?“, wollte Miguel **verwundert** wissen. Der neue Lehrer war schon ein paar Minuten verschwunden.

„Florian?“, riefen die beiden Deutschlerner gleichzeitig.

„Ich komme! Ich muss nur noch schnell einige Bücher **herauskramen**“, hörte man ihn aus einem anderen Zimmer rufen. Er kam mit schnellen Schritten in den Unterrichtsraum zurück. „Also, **was** den Unterricht **angeht**... Was genau braucht ihr denn?“

„Wir müssen in drei Monaten eine C1-Prüfung erfolgreich ablegen, sonst verlieren wir unsere Jobs. Daher suchen wir jemanden, der uns mindestens viermal pro

---

**solide**: stabil, fest, gut
**verwundert**: überrascht, erstaunt
**etwas herauskramen**: etwas heraussuchen, hervorholen
**was ... angeht**: mit Bezug auf..., über ein bestimmtes Thema sprechen

Woche circa zwei bis drei Stunden unterrichtet, unsere Texte korrigiert und uns fit für die Prüfung macht."

Florian überlegte. Er holte einen Taschenrechner aus seinem Schreibtisch und tippte **wie wild**[259]darauf herum. Als er fertig war, streckte er ihnen den Taschenrechner entgegen.

„1400 Euro - das ist ein super Preis. Das nehmen wir!" Miguel freute sich.

„Das freut mich zu hören! Das wären dann für jeden von euch 350 Euro pro Monat", antwortete Florian erleichtert.

„Pro Monat? Die 1400 Euro sind nicht der gesamte Preis, sondern pro Monat?", entgegnete der Spanier **schockiert**.

„Leider ja, wir sind hier erstens in München und zweitens bekommt ihr eine intensive Betreuung von mir. Das hat leider seinen Preis. Ihr werdet es aber ganz bestimmt nicht **bereuen**!"

---

**wie wild**: mit viel Energie, sehr aktiv
**schockiert**: im Schock, negativ überrascht
**etwas bereuen**: sich wünschen, man hätte etwas nicht getan

„Ok, wir machen es. Schließlich verlieren wir viel mehr Geld, wenn wir durch die Prüfung fallen und dann kein Einkommen mehr haben", stellte Valeska fest.

„Du hast recht. Also, wann können wir anfangen? Wie wäre es mit morgen?", wollte Valeska von Florian wissen.

„Ja, gerne ab 18 Uhr. Passt das bei euch?", fragte der Lehrer seine neuen Schüler. „Dann sind wir spätestens um 21 Uhr fertig."

„Wunderbar, dann lass uns **loslegen** und diese **verdammte** Prüfung bestehen!" rief Miguel und **ballte** dabei seine **Faust**. Er war extrem motiviert, das konnte man an seinem Gesichtsausdruck erkennen.

„Super, dann bis morgen!" Sie tauschten ein Lächeln aus und die beiden verließen ihren neuen Unterrichtsraum.

Vor der Sprachschule, die eigentlich nur eine Wohnung im ersten Stock mit einem kleinen Schild an der Tür war, schauten Valeska und Miguel sich einen Moment **schweigend** an und grinsten.

---

**loslegen**: beginnen, anfangen
**verdammt**: schrecklich, grausam
**die Faust ballen**: die Hand zu einer Faust machen
**schweigend**: ohne zu sprechen

„Wir haben es geschafft!“, rief Valeska und hielt Miguel ihre Hand hoch, damit er ihr ein High Five geben konnte.

„Das wurde auch langsam Zeit!“

Ein kurzer Moment verging, in dem sie beide wieder schwiegen. Dann nahm Miguel all seinen **Mut** zusammen und fragte sie schüchtern:

„Valeska... **Hast** du heute Abend schon **etwas vor**?“

Sie schaute ihn überrascht an. „Bisher eigentlich nicht, warum fragst du?“ Natürlich wusste sie genau, was er jetzt fragen würde.

„Willst du ... ich meine ... würdest du vielleicht ... etwas essen gehen wollen?“ Miguel war **stolz**, dass er in dieser Frage einen Konjunktiv II mit Modalverb benutzt hatte - immerhin hatte er vier Verben an der richtigen Stelle und in der richtigen grammatischen Form benutzt. Der neue Deutschkurs **zeigte** bereits **Wirkung**.

„Ich wollte mir heute eigentlich mal wieder Sushi holen. Zwei Stationen von hier ist ein großartiger Sushi-Laden, dort

---

**der Mut** (*nur Singular*): die Initiative, die Kraft
**etwas vorhaben**: etwas geplant haben
**stolz**: zufrieden, froh über eine Leistung
**Wirkung zeigen**: einen Effekt sehen

gibt es die besten Makis in ganz München“, antwortete sie ihm.

„Oh, ok. Dann sehen wir uns morgen im Kurs. Guten Appetit!“, entgegnete er ihr mit enttäuschter Stimme.

„Du kommst nicht mit?“ Valeska lachte laut. Sie fand es süß, wie nervös Miguel war. Sie machte einen großen Schritt nach vorne und winkte ihn zu sich. Als er sie **eingeholt** hatte, gingen beide die Straße entlang Richtung U-Bahn.

---

**jemanden einholen**: jemanden erreichen

## KAPITEL 10

# GUTE NACHRICHTEN

Miguel und Valeska stiegen an der Haltestelle Brudermühlstraße aus, die nur ein paar Straßen von der Isar entfernt war. Sie liefen durch den Sendlinger Park, um zum Sushi-Restaurant zu **gelangen**. Es war recht kühl an diesem Abend, aber die frische Luft tat ihnen beiden gut. Sie brauchten schließlich für die nächsten Monate einen kühlen Kopf, sonst würden sie den Stress der Prüfungsvorbereitung nicht **durchhalten**. Valeska ging ein wenig hinter Miguel, sodass er sein Tempo verlangsamen musste, damit sie **mit** ihm **Schritt halten** konnte.

„Wie fühlst du dich momentan? Ich habe das Gefühl, dass du dir viele Sorgen machst. Ich sorge mich auch, aber ich bin mir sicher, dass wir die Prüfung bestehen werden. Wir müssen jetzt positiv denken!" Miguel versuchte, **ihr Mut zuzusprechen**.

---

**gelangen**: erreichen, ankommen
**durchhalten**: nicht aufgeben, weitermachen
**mit jemandem Schritt halten**: genau so schnell wie jemand sein
**jemandem Mut zusprechen**: jemanden motivieren, sich optimistisch zeigen

„Danke der Nachfrage, Miguel. Die Prüfung **macht** mir schon etwas **zu schaffen**. Aber es gibt da noch etwas anderes, das mir regelmäßig schlaflose Nächte **bereitet**“, ließ Valeska ihn wissen.

„Möchtest du darüber sprechen? Ich habe immer ein offenes Ohr für dich, das weißt du hoffentlich.“

„Das weiß ich zu schätzen. Ich bin gerade mitten in einer Scheidung und das kostet mich sehr viel Kraft. Auf der einen Seite ist da das Bürokratische, das mich verrückt macht, aber dafür habe ich meine Anwältin. Auf der anderen Seite ist es die emotionale **Belastung**, denn es fühlt sich so an, als hätte ich in meiner Ehe **versagt**. Vielleicht habe ich zu viele Anforderungen gestellt“, erklärte sie.

„Ich verstehe. Weißt du Valeska, Beziehungen sind immer Arbeit von beiden Seiten. Jeder Partner hat seine eigenen Bedürfnisse und diese sollten respektiert werden. Anforderungen sind doch nichts anderes als Wünsche und Vorstellungen, die man hat. Und wenn dein Partner dir

---

**jemandem zu schaffen machen**: jemandem Probleme machen, jemanden Kraft kosten
**bereiten**: verursachen, machen
**die Belastung, en**: eine schwierige Situation, die Kraft kostet
**versagen**: alles falsch machen

nicht das geben kann, was du dir wünschst und brauchst, dann ist er **vermutlich** nicht der Richtige."

Ihr gefiel Miguels Art zu denken. Er schien ein Mann zu sein, der Empathie zeigen konnte und dem etwas daran lag, für seine Partnerin da zu sein. Solche Männer gab es heutzutage nicht mehr so oft, zumindest hatte sie bisher nur sehr wenige kennengelernt. Er **schien** das komplette Gegenteil von Friedrich **zu sein**.

„Was macht dich glücklich?", wollte sie von ihm wissen. Ihre Stimme klang nachdenklich.

„Das hat mich bisher noch nie jemand gefragt. Ich habe das Gefühl, dass es vielen nur um sich selbst geht, aber nicht darum, wie man eine andere Person glücklich macht. Aus diesem Grund sind alle meine Beziehungen **gescheitert**. Ich habe immer alles gegeben und nur das absolute **Minimum** zurückbekommen. Um deine Frage zu beantworten: Mich macht nichts glücklicher als jemand, der für mich da ist und mit mir eine Familie gründen möchte.

---

**vermutlich**: möglicherweise
**zu sein scheinen**: so aussehen wie
**scheitern**: keinen Erfolg haben
**das Minimum, Minima**: das Mindeste, das Wenigste
**philosophieren**: nachdenklich über etwas reden
**sanft**: weich, zart

Das ist mein größter Wunsch im Leben“, **philosophierte** Miguel, während er sie mit einem **sanften** Blick anschaute.

Valeska wusste nicht, ob sie ihm sagen sollte, dass dies auch ihr größter Wunsch im Leben war. Sie fühlte sich in diesem Moment sehr wohl an seiner Seite, wollte aber nichts sagen, was sie später vielleicht bereuen würde.

„Hier ist das Restaurant!“, war alles, was sie in diesem Moment dazu sagen konnte.

Miguel hielt ihr die Tür auf und ließ sie vorangehen. Sie setzten sich an einen Tisch am Fenster und fragten nach der Speisekarte. Nachdem sie entschieden hatten, was sie essen wollten, nahm der Kellner ihre Bestellung auf.

„Ich bin so hungrig, Miguel! Ich kann es kaum erwarten, bis das Essen endlich kommt!“

„So geht es mir auch, aber es kommt sicher bald. Sollen wir **in der Zwischenzeit** unsere beiden **Leidensgenossen** anrufen und ihnen die frohe Nachricht vom Deutschkurs überbringen?“, fragte er **mit hochgezogenen Augenbrauen**.

„Großartige Idee!“, sagte Valeska und holte ihr Handy aus der Tasche. Sie rief Emily an. „Gib du James Bescheid und mach den **Lautsprecher** an!“, schlug sie vor.

Glücklicherweise antworteten beide **nahezu** gleichzeitig.

„Leute!“, rief Valeska **vergnügt** in beide Handys, die nebeneinander auf dem Tisch lagen. „Wir haben endlich einen C1-Kurs! Morgen um 18 Uhr geht’s los, bereitet schon mal eure Schultasche vor, es wird gelernt!“

„Oh mein Gott, wirklich? Danke, danke, danke!“ Emilys Stimme klang so hoch, dass Valeska die Lautstärke am Handy reduzieren musste.

Miguel grinste Valeska an und **zog eine Grimasse**. Er war voller positiver Energie.

---

**in der Zwischenzeit**: während man auf etwas wartet
**der Leidensgenosse, n**: Person mit dem gleichen Problem
**hochgezogene Augenbrauen**: wenn man die Augenbrauen nach oben zieht
**der Lautsprecher, -**: Teil des Handys, aus dem der Ton kommt
**nahezu**: fast
**vergnügt**: fröhlich, amüsiert
**eine Grimasse ziehen**: ein lustiges Gesicht machen

„Jaa! Miguel und ich haben einen Lehrer gefunden, der wirklich einen guten Eindruck macht und weiß, was er tut. Er hatte sogar eine Wand voller Zertifikate im Unterrichtsraum!"

Auch für James war der Anruf ein Geschenk des Himmels: „Danke, Leute! Das sind die besten Nachrichten seit langer Zeit, was für eine **Erleichterung**!"

„Wir werden also nicht unseren Job verlieren?", fragte Emily, die es immer noch nicht glauben konnte, dass der Moment endlich gekommen war.

„Naja, wir müssen ja immer noch die Prüfung bestehen, aber im Moment sieht es gut für uns aus", ergänzte Miguel lachend.

„Wir schaffen das!", tönte James´ Stimme aus dem Handy.

Nachdem sie sich am Telefon von ihren beiden Kollegen verabschiedet hatten, kam auch schon das Essen. Sie **genossen** jeden Bissen **in vollen Zügen**, schließlich hatten

---

**die Erleichterung, en**: das Gefühl, wenn man ein Problem gelöst hat

sie sich nach dieser **nervenaufreibenden** Suche eine Belohnung verdient.

---

**etwas genießen**: Freude an etwas haben, sich an etwas freuen
**in vollen Zügen**: sehr, intensiv
**nervenaufreibend**: stressig, anstrengend

# KAPITEL 11
# SCHOCKSTARRE

In dieser Nacht waren die vier so aufgeregt, dass sie kaum schlafen konnten. Wie würde der erste gemeinsame Unterricht aussehen? Was würden sie lernen? Würde Florian vorher einen Einstufungstest mit ihnen machen? Wie sah wohl die Prüfung aus? Würden sie überhaupt bestehen? Fragen über Fragen **schwirrten** in ihren Köpfen **herum**.

Emily und James hatten die Adresse von Miguel über WhatsApp erhalten, und sie hatten vereinbart, sich um 17.45 Uhr an der nächstgelegenen Haltestelle zu treffen, um gemeinsam zum Unterricht zu gehen. An der Sprachschule angekommen, blieben die vier **regungslos** stehen und **starrten** auf die Eingangstür.

„Leute, was ist das?“, fragte Emily mit **zitternder** timme.

---

**herumschwirren**: herumfliegen
**regungslos**: ohne Bewegung, still
**starren**: intensiv anschauen
**zittern**: sehr schnelle Bewegungen des Körpers, z.B. bei Kälte

Keiner von ihnen sagte ein Wort, aber Valeska zeigte auf ein Blatt Papier, das an der Tür **festgeklebt** war. Darauf stand:

GESCHLOSSEN WEGEN KRANKHEIT

Valeska musste sich auf eine Stufe vor der Tür setzen, ihr war schwindlig. Sie hoffte **inständig,**[301]dass es sich nur um einen **Streich** handelte und dass ihre Hoffnungen nicht schon wieder enttäuscht würden.

„Seid ihr sicher, dass wir hier richtig sind?", fragte James zögernd. Die anderen drehten sich zu ihm, die Verzweiflung stand ihnen ins Gesicht geschrieben.

„Ja, das sind wir. Leider. Miguel und ich waren doch gestern hier!", bestätigte Valeska. Ihre Augen **zuckten** nervös und ihr **Tonfall** klang hysterisch. Ihr ging in diesem Moment so viel durch den Kopf. „Warum hat Florian nicht Bescheid gegeben? Das ist so unprofessionell!", rief sie wütend.

---

**festkleben**: mit Kleber befestigen/festmachen
**inständig**: intensiv, stark
**der Streich, e**: ein Scherz, ein Witz
**zucken**: ähnlich wie zittern, aber weniger oft
**der Tonfall, Tonfälle**: der Ton, die Art zu sprechen

„Moment, ich rufe ihn an“, schlug Miguel vor. Er ließ es eine lange Zeit klingeln, bis eine weibliche Stimme mit einem leisen Ja antwortete.

„Hallo, ist Florian zu sprechen? Hier ist sein Schüler Miguel. Wir stehen vor seiner Schule und warten auf den Unterricht.“

„Florian ist gestern Abend schwer **gestürzt** und hat sich den rechten Arm gebrochen. Ich bin gerade mit ihm im Krankenhaus“, erklärte ihm die Frau am Telefon, die vermutlich seine Freundin oder seine Mutter war.

„Oh je, das ist ja schrecklich, tut mir sehr leid! Bitte richten Sie ihm von uns allen viele Grüße aus und wünschen Sie ihm gute Besserung!“, reagierte Miguel höflich.

„Danke, tschüss!“ Sie legte direkt auf.

„Was machen wir jetzt?“ Auf Miguels Frage folgte Schweigen, denn jeder schaute den anderen an, in der Hoffnung, dass irgendjemand eine Antwort **parat hätte**. „Ich dachte, ich hätte einen sicheren Arbeitsplatz am Flughafen gefunden. Es scheint, als hätte das Schicksal

---

**stürzen**: fallen, sich verletzen

andere Pläne für mich. Ich glaube, ich gehe wieder nach Spanien zurück, dort kann ich wenigstens die Sprache."

„Miguel! Du kannst doch nicht einfach so aufgeben. Wir werden einen Ausweg finden, ich weiß es!", entgegnete Emily.

„Miguel hat recht. Wir sollten schnellstmöglich anfangen, nach beruflichen Alternativen zu suchen. Das mit dem C1-Kurs ist unlösbar, das seht ihr doch!"

„James, nicht du auch noch!" Emily war schockiert von so viel **Pessimismus** ihrer Kollegen. „So leicht **lassen** wir uns **nicht unterkriegen**!"

Ein Stückchen weiter sahen sie ein paar Bänke und beschlossen, sich zu setzen, um durchzuatmen und die nächsten Schritte zu planen. Valeska setzte sich allein auf eine Bank, Miguel setzte sich zu ihr.

„Das hat doch alles keinen Sinn mehr! Wir Menschen sind ständig auf der Suche nach etwas und wenn wir es gefunden haben, wird es uns wieder weggenommen. Ich

---

**etwas parat haben**: etwas zur Verfügung haben, da sein
**der Pessimismus** (*nur Singular*): negatives Denken
**sich nicht unterkriegen lassen**: nicht aufgeben, weitermachen

verstehe das alles nicht mehr!“, sagte Miguel mit bedrückter Stimme.

„Miguel, unsere Chancen sind gerade nicht gut. Aber das heißt gar nichts, also versuch, dich zu entspannen. Die größten Herausforderungen im Leben tragen die **saftigsten** Früchte. Wir werden einen Kurs finden und die Prüfung bestehen!“ Valeskas Augen **funkelten**, sie war fest entschlossen, nicht aufzugeben.

Sie starrten alle in Gedanken versunken auf die belebte Straße vor ihnen und überlegten, was sie als Nächstes tun sollten. Nach ein paar Minuten stand Emily auf und stellte sich vor die anderen.

„Leute, wir können es uns nicht leisten, so niedergeschlagen zu sein. Wir dürfen jetzt nicht **in Selbstmitleid baden**. Wir müssen jetzt versuchen, das Beste aus unserer Situation zu machen. Mein Urgroßvater Barry White hatte nur so viel Erfolg im Leben, weil er so viele Rückschläge erleben musste“, erklärte sie.

---

**saftig**: frisch, lecker, mit viel Saft
**funkeln**: leuchten, blitzen
**in Selbstmitleid baden**: Mitleid mit sich selbst haben

„Und was genau schlägst du vor?“ Miguels Augen hatten sich verfinstert und zeigten, dass er wirklich keine Hoffnung mehr in sich trug.

„Wir gehen zum Frühlingsfest!“, rief Emily. Das Frühlingsfest war die kleine Schwester des Oktoberfests und fand im April am selben Ort statt.

„Wie bitte? Du willst jetzt auf ein Fest, während wir hier mit den größten Problemen zu kämpfen haben?“

„Ja, genau jetzt! Denn dort bringen wir uns erst einmal auf andere Gedanken und erleben etwas Schönes. Wir können **Achterbahn** fahren, **Zuckerwatte** essen und am **Schießstand** ein riesiges **Plüschtier** gewinnen. Dann sieht die Welt schon wieder ganz anders aus und wir fangen einfach nochmal von vorne an. Von den drei Monaten bis zur Prüfung sind immerhin noch zweieinhalb Monate übrig!“ Die New Yorkerin hatte eine Art an sich, andere zu motivieren, die man selten sah.

„Emily, du hast recht. Was soll's? Wir wurden bestimmt nicht geboren, um uns ständig Sorgen um alles zu machen.

---

**die Achterbahn, en**: eine schnelle Bahn auf einem Volksfest
**die Zuckerwatte, n**: eine Süßigkeit aus Zucker
**der Schießstand, -stände**: ein Stand, an dem man mit Pistolen schießen kann
**das Plüschtier, e**: ein Stofftier, ein Tier aus Plüsch

Ich bin dabei, wer kommt mit?“ Valeska war begeistert von der Idee ihrer Kollegin.

„Dein Vortrag hat mir gefallen, ich **schließe mich an**!“, erwiderte James.

„Ok, vamos!” Miguel schloss sich der Gruppe an. Gemeinsam liefen sie zur nächsten Haltestelle, um zur Theresienwiese zu fahren.

---

**sich anschließen**: mitmachen, dabei sein

# KAPITEL 12
# **SPAß MUSS SEIN!**

„Schaut euch doch nur mal die ganzen Attraktionen an! Und wie toll alle gekleidet sind!“ Miguel, der die Idee des Frühlingsfests zuerst überhaupt nicht gut fand, stand nun mitten auf dem Festplatz und **staunte** wie ein kleines Kind. Er kam zwar jedes Jahr mindestens einmal her, aber trotzdem fühlte es sich immer wieder aufs Neue wie das erste Mal an.

Es waren nur einige Minuten Fahrt mit der U-Bahn gewesen, bis sie an der Theresienwiese ankamen. Riesige Menschenmengen schwirrten überall umher, obwohl es ein gewöhnlicher Dienstagabend war. Man hörte laute Freudenschreie aus den **Fahrgeschäften**, Musik und es roch nach **gebrannten Mandeln**. Die vier bekamen sofort bessere Laune.

„Sollen wir Achterbahn fahren?“ James musste laut rufen, damit seine Kollegen ihn hören konnten. Sie standen direkt am Eingang eines Bierzeltes, aus dem laute Musik

---

**staunen**: etwas bewundern, überrascht sein
**das Fahrgeschäft, e**: eine Attraktion zum Fahren auf einem Volksfest
**gebrannte Mandeln**: Mandeln, die geröstet sind

**tönte**. Die riesige Achterbahn war ein Klassiker in München und vor allem bei jungen Leuten sehr beliebt. Auf über einem Kilometer Strecke erreichte sie bis zu 80 km/h und das bei einem Fall in die Tiefe aus fast 30 Metern Höhe.

„Ich glaube, mir wird schlecht, wenn ich damit fahre", vermutete Valeska.

„Ach komm, schlimmer kann es jetzt sowieso nicht mehr werden!" James lachte und lief in Richtung Achterbahn, die anderen **im Schlepptau**. Sie holten sich vier Fahrkarten und stiegen ein. Die Bahn bestand aus mehreren Wägen mit jeweils vier Plätzen. Auf knapp 30 Metern Höhe hielt sie an, um dann mit voller Geschwindigkeit in die Tiefe zu rasen. Die Fahrgäste **kreischten** und lachten vor Freude. Auch Valeska fühlte sich frei wie ein Vogel, als sie durch den Looping fuhren. Die Fahrt dauerte nur knapp eine Minute, dann war der **Adrenalinschub** wieder vorbei.

„Oh Gott, das war **der Hammer**! Womit fahren wir als nächstes?", wollte Valeska wissen, sie zappelte wie ein Kleinkind hin und her.

---

**tönen**: laut sein
**im Schlepptau**: hinter jemandem laufen, jemanden begleiten
**kreischen**: laut und mit hoher Stimme schreien
**der Adrenalinschub, -schübe**: eine Dosis Adrenalin im Körper
**der Hammer, -**: genial, cool

„Wie wäre es mit dem Freefall-Tower?“ Miguel zeigte auf einen schmalen Turm ganz in der Nähe. Sie rannten wie wild auf den Turm zu. Das Adrenalinfieber hatte sie **gepackt** und sie fühlten sich alle wieder in ihre Jugend zurückversetzt.

„Leute, das war die beste Idee überhaupt!“, rief James. „Ich weiß nicht, wann ich mich das letzte Mal so **lebendig** gefühlt habe!“

Die Gruppe verbrachte noch eine ganze Weile auf dem Frühlingsfest, fuhr noch **Geisterbahn**, Autoscooter und die *Wilde Maus*, eine nicht ganz so große Achterbahn, dafür mit extrem scharfen Kurven. Nach so viel Aufregung gingen sie in ein Bierzelt, um etwas zu essen.

„Was ist denn die Spezialität bei euch?“, fragte Emily einen der Kellner, der in traditionellen Lederhosen und kariertem Hemd gekleidet war.

„**Schweinshaxe** mit Biersauce und **Knödeln**. Bei uns gibt's die besten in ganz München!“, versicherte er.

---

**etwas packt jemanden**: jemanden süchtig machen, jemand will mehr
**lebendig**: am Leben, aktiv
**die Geisterbahn, en**: ein Fahrgeschäft mit Horror-Thematik
**die Schweinshaxe, n**: gegrilltes Bein vom Schwein
**der Knödel, -**: eine Kugel aus Brötchen oder Kartoffeln

Emily musste laut lachen. „Biersauce? Gibt es in München auch etwas ohne Bier? Es klingt jedenfalls interessant, ich nehme eine Portion, bitte!“

James bestellte sich auch eine Schweinshaxe, schließlich brauchte er viele Proteine, um seine Muskeln zu behalten. Valeska entschied sich für eine Gulaschsuppe mit Brötchen und Miguel nahm ein halbes Hähnchen mit Kartoffelsalat. Während sie auf ihr Essen warteten, beobachteten sie die **ausgelassen** feiernden Menschen: Familien mit Kindern, Seniorengruppen sowie junge Leute, die auf den Tischen tanzten. Nahezu alle trugen die typisch bayerische **Tracht** - Männer in Lederhosen und die Damen kamen im **Dirndl**.

Sie verbrachten fast zwei Stunden im Bierzelt und **ließen sich** von der Atmosphäre **mitreißen**. Keiner dachte in dieser Zeit an den Deutschkurs. Emily hatte mit ihrer Idee, auf das Frühlingsfest zu gehen, genau **ins Schwarze getroffen**. Hin und wieder brauchte man eine **Auszeit** vom Stress des Alltags und den Sorgen, die man hatte. So konnte man

---

**ausgelassen**: ohne Sorgen, froh
**die Tracht, en**: traditionelle Kleidung in Bayern
**das Dirndl, -**: typisch bayerisches Kleid für Frauen

wieder neue Energie tanken, um seine Probleme mit neuer Kraft **in Angriff** zu **nehmen**.

Als sie nach einigen Stunden das **Festgelände** wieder verließen, beschlossen sie, sich am nächsten Tag nach der Arbeit wieder zu treffen, um ihre Suche fortzusetzen. Tief im Inneren wussten sie, dass es irgendwo da draußen eine Lösung gab.

---

**sich mitreißen lassen**: mitmachen, motiviert werden
**ins Schwarze treffen**: die perfekte Entscheidung treffen
**die Auszeit, en**: eine Pause, eine Ruhephase
**etwas in Angriff nehmen**: etwas anfangen, loslegen
**das Festgelände, -** (*meistens Singular*): der Platz, auf dem ein Fest stattfindet

## KAPITEL 13

# EIN NEUER VERSUCH

„Neuer Tag, neues Glück!“ Emily war an diesem Tag **fest entschlossen**, eine Lösung für ihr Problem zu finden. Zu lange waren sie nun schon auf der Suche und hatten immer noch keinen Kurs, der sie auf die C1-Prüfung vorbereitete. Wie **abgemacht**, trafen sich die vier nach der Arbeit vor dem Terminal, um gemeinsam weiterzusuchen.

„Wohin sollen wir gehen, hat jemand von euch eine Idee?“, wollte James wissen.

„Ich schlage das Café *Trachtenvogl* in der Innenstadt vor. Dort war ich **neulich**, es ist total gemütlich, es gibt dort Sofas und eine leckere Speisekarte. Wir können die U-Bahn bis zur Fraunhoferstraße nehmen, von dort sind es nur ein paar Minuten zu Fuß.“ Miguel kannte sich mittlerweile gut in seiner **Wahlheimat** aus und war sich sicher, dass dies der perfekte Ort war, um neue **Pläne** zu **schmieden**.

---

**fest entschlossen**: ganz sicher, überzeugt
**etwas abmachen**: etwas planen/festlegen
**neulich**: kürzlich, vor kurzer Zeit
**die Wahlheimat, en** (*meistens Singular*): der neue Ort, an den man zieht
**Pläne schmieden**: Pläne machen

„Los geht's!", rief Valeska und ging los, die anderen folgten ihr.

Im Café angekommen, setzten sie sich auf zwei der gemütlichen Sofas, die einander gegenüberstanden. In der Mitte war ein großer Holztisch, auf dem sie ihre Laptops **platzierten**.[343]Nach kurzer Zeit sah es aus wie ein kleines Büro und sie waren bereit, sich in die Arbeit zu stürzen. Ihre Idee war es, alle Sprachschulen und Privatlehrer, die sie noch nicht kontaktiert hatten, in eine Excel-Liste einzutragen und systematisch anzurufen. Jeder der vier bekam die gleiche Anzahl an Telefonnummern. Sie machten daraus ein kleines Spiel; wer zuerst alle Nummern angerufen hatte, wurde von den anderen dreien auf seine Getränke eingeladen. Sie telefonieren sich die Ohren **wund** und nach nicht einmal fünfundvierzig Minuten hatten sie alle Nummern durch.

„Wie sieht's aus, habt ihr etwas erreicht?" James schaute fragend in die Runde. Er bekam nur **Kopfschütteln** als Antwort.

---

**etwas platzieren**: etwas abstellen
**wund**: eine kleine Verletzung
**das Kopfschütteln** (*nur Singular*): mit dem Kopf Nein sagen

„Das kann doch nicht wahr sein!“, **platzte** es aus Emily **heraus**, während sie mit der **Faust** auf den Tisch haute. Ihre Augen blitzten vor Wut. „Wir sind hier in München, einer der größten Städte Deutschlands, und wir können nicht einmal einen **anständigen** Deutschkurs finden! Findet ihr das etwa normal?“

Miguel atmete schwer, eine Mischung aus Ärger und Erschöpfung machte sich in seinem Gesicht breit. „Ich hatte auch gedacht, dass es **wesentlich** einfacher wäre, hier in München einen Kurs zu finden. Langsam habe ich das Gefühl, dass uns jemand **einen Streich spielen** will oder eine versteckte Kamera aufgebaut hat und wir in einer Fernsehshow sind.“

Valeska nickte zustimmend. „Ich habe wirklich gehofft, dass wir heute schneller **vorankommen** und mit einem Erfolgserlebnis von hier weggehen würden“, seufzte sie, ihre Stimme klang schwer enttäuscht.

---

**herausplatzen**: ähnlich wie explodieren
**die Faust, Fäuste**: die Hand zusammendrücken
**anständig**: gut, ordentlich
**wesentlich**: sehr, viel
**jemandem einen Streich spielen**: einen bösen Scherz mit jemandem machen
**vorankommen**: vorwärtskommen, etwas erreichen

James lehnte sich auf der Couch zurück, die Schultern gesenkt, und fragte **resigniert**: „Sollen wir nicht einfach weitersuchen, bis wir etwas finden? Irgendwann muss sich doch etwas ergeben!"

Bestimmt schüttelte Emily den Kopf, ihre Haare bewegten sich mit. „Nein, das kann so nicht weitergehen. Wir müssen eine andere **Herangehensweise** finden!"

Eine **angespannte** Stille **erfüllte** den Raum, während jeder Einzelne nach einer Lösung suchte. Dann **durchbrach** James die Stille, seine Stimme klang ruhig und leise, fast zögerlich: „Was ist, wenn wir uns einfach selbst auf die Prüfung vorbereiten?"

**Skeptische** Blicke wanderten zwischen den vieren hin und her, für einen Moment reagierte niemand richtig auf James' Vorschlag. Plötzlich stand Emily auf, zeigte mit dem Finger auf ihren Kollegen und nickte. „Das könnte tatsächlich funktionieren, James! Immerhin haben wir

---

**resignieren**: aufgeben, nicht weitermachen
**die Herangehensweise, n**: die Art, etwas zu machen
**angespannt**: nervös, angestrengt
**etwas erfüllen**: etwas füllen
**etwas durchbrechen**: *hier*: etwas beenden/stoppen

bereits gute Grundlagen und sind keine kompletten Anfänger."

Miguel stimmte zu. „Das ist schon eine sehr große Herausforderung, aber wir können das wirklich schaffen, wenn wir uns gegenseitig unterstützen. Wir müssen uns allerdings gut informieren und einen strukturierten Plan **ausarbeiten**, sonst sind wir verloren."

Emily nahm ihren Laptop auf den Schoß und begann, wie wild auf der Tastatur **herumzutippen**. „Zuerst müssen wir wissen, welche Prüfung wir schreiben und vor allem, wann wir sie schreiben."

Miguel, der ebenfalls mit der Recherche an seinem Laptop beschäftigt war, machte den ersten Vorschlag: „Wir könnten das Goethe-Zertifikat C1 **ablegen**, die Prüfung im Sommer findet am 1. Juli statt. Heute ist der 19. April, wir haben also noch genau siebenundsiebzig Tage Zeit. Die Prüfung deckt die Bereiche Hörverstehen, Leseverstehen, schriftlichen Ausdruck und mündlichen Ausdruck ab. Wir können doch eigentlich alles schon ganz gut - außer Schreiben."

---

**skeptisch**: ungläubig, nicht überzeugt
**etwas ausarbeiten**: etwas erstellen/machen
**herumtippen:** tippen
**etwas ablegen**: etwas (z.B. eine Prüfung) machen/schreiben

Valeska zog die Augenbrauen hoch, ihr war die Idee immer noch sehr suspekt, aber auch wusste sie, dass sie im Moment wenig andere Möglichkeiten hatten. „Und wer korrigiert unsere Texte? Ohne einen Muttersprachler wissen wir doch gar nicht, was wir falsch machen. Wir alle können gut sprechen und so weiter, aber keiner von uns kann gut schreiben!"

„Valeska hat recht", **wandte** James **ein**. „Wir können uns natürlich selbständig vorbereiten, aber wir brauchen auf jeden Fall jemanden, der uns in irgendeiner Form **rückmeldet**, was wir im schriftlichen Ausdruck verbessern müssen. Wir brauchen einen **Lektor**. Machen wir uns auf die Suche!"

Mit neuer Motivation beschlossen sie, die deutsche Sprache **eigenständig** zu **meistern**. Die kommenden Wochen würden zeigen, ob sie tatsächlich in der Lage sein würden, sich auf die **anspruchsvolle** C1-Prüfung des Goethe-Instituts vorzubereiten.

---

**(etwas) einwenden**: eine andere Meinung sagen
**etwas rückmelden**: reagieren, eine Antwort geben
**der Lektor, en**: jemand, der Texte korrigiert
**eigenständig**: selbständig, ohne Hilfe
**etwas meistern**: etwas schaffen/erreichen
**anspruchsvoll**: auf hohem Niveau

## KAPITEL 14

# DIE C1-PRÜFUNG

Am nächsten Tag trafen sie sich wieder nach der Arbeit, um gemeinsam nach Literatur für die C1-Prüfung des Goethe-Instituts zu suchen. James schlug vor, in die Münchner Stadtbibliothek zu gehen, da er dort einen **Mitgliedsausweis** hatte und sich alle Bücher **quasi** kostenlos ausleihen konnte. So mussten sie die Bücher nicht kaufen und konnten sie einfach wieder zurückgeben, nachdem sie sie benutzt hatten.

München hatte ein paar **Dutzend** Bibliotheken, es würde ihnen also nicht an passender Übungsliteratur fehlen. Sie entschieden sich für die Stadtbibliothek Westend, die sich in der Nähe des Hauptbahnhofs befand. Dort gab es auch mehrere so genannte **Leseecken,**[370]in denen Tische und Stühle standen, wo man in Ruhe arbeiten konnte. Sie ließen sich an einem der Tische direkt an einem Fenster nieder, legten ihre Sachen dort ab und machten sich auf zu den Bücherregalen mit der

---

**der Mitgliedsausweis, e**: ein Ausweis eines bestimmten Clubs, Vereins etc.
**quasi**: fast, sozusagen
**das Dutzend**: zwölf
**die Leseecke, n**: ein Ort speziell zum Lesen

Fremdsprachenliteratur. Jeder von ihnen wählte ein Buch aus, das für diese spezielle C1-Prüfung **geeignet** war. Zurück am Tisch teilten sie sich auf, sodass jeder der vier Deutschlerner einen Bereich der Prüfung übernahm. Anschließend ging jeder die Inhalte seines Buches durch und machte sich Notizen.

Miguel war für den Prüfungsaufbau sowie das Hörverstehen zuständig, Emily kümmerte sich um das Leseverstehen, James um den mündlichen Ausdruck und Valeska hatte die **Bürde** des schriftlichen Ausdrucks. Ihre **Aufteilung** war schlau organisiert. Jeder hatte fünfundzwanzig Minuten Zeit, um sich aus seinem Buch den ihm **zugeteilten** Bereich herauszusuchen und die wichtigsten Inhalte und Anforderungen zusammenzufassen. Sobald die fünfundzwanzig Minuten vorbei waren, mussten sie ihr Buch **im Uhrzeigersinn** an ihren Nachbarn weitergeben, der dann in dem nächsten Buch seinen Bereich herausarbeitete. Nach knapp zwei Stunden waren sie fertig mit ihrer Vorbereitung.

---

**geeignet**: passend, adäquat
**die Bürde, n**: eine schwere Aufgabe, die Last
**die Aufteilung, en**: die Organisation, die Einteilung
**jemandem etwas zuteilen**: jemandem eine Aufgabe geben
**im Uhrzeigersinn**: in Richtung der Uhr, nach rechts gehend

Miguel klopfte sich stolz auf die Schulter. „Wow! Ich glaube, dass ich noch nie in meinem Leben so **effizient** gelernt habe.“ Er lachte leise, schließlich waren sie in der Bibliothek und durften nicht zu laut sein.

„So geht es mir auch!“, entgegnete James. „Wir haben uns erst mal einen Kaffee verdient, bevor wir weitermachen.“

Nach einer Dosis Koffein am Kaffeeautomaten gingen sie zurück an ihre Tische, um ihre **Recherche zusammenzutragen**.

Miguel begann zu erklären, wie die C1-Prüfung strukturiert war. „Ihr wisst ja bereits, dass die Prüfung aus vier Teilen besteht. Die drei Teile Lesen, Hören und Schreiben dauern insgesamt 180 Minuten, also drei Stunden. Der mündliche Teil ist eine 20-minütige **Paarprüfung**. Man kann insgesamt 100 Punkte erreichen“, erklärte er. „Im Hörverstehen müssen wir vier Hörtexte verstehen und Fragen dazu beantworten - ein Podcast, ein Interview, eine Radiodiskussion und einen Vortrag.“

---

**effizient**: effektiv und gleichzeitig zeitsparend
**die Recherche, n**: die Suche nach Informationen
**etwas zusammentragen**: etwas zusammenbringen
**die Paarprüfung, en**: eine Prüfung zu zweit

Emily nickte und fuhr fort: „Beim Leseverstehen müssen wir vier komplexe Texte lesen und verstehen und ebenfalls Fragen dazu beantworten. Die Aufgabenformate sind Multiple Choice, Lückentexte und man muss Aussagen zuordnen."

Valeska fügte hinzu: „Der schriftliche Teil erfordert, dass wir einen Forumsbeitrag verfassen und die zweite Aufgabe besteht darin, eine **semi-formelle** E-Mail zu schreiben."

Zum Schluss war James an der Reihe. „Im mündlichen Teil müssen wir einerseits einen Vortrag zu einem gewählten Thema halten und eine Diskussion zu einer **kontroversen** Frage führen", erklärte er. „Das klingt alles im Prinzip nicht so **schlimm**, aber es kommt immer auf das Thema der jeweiligen Aufgabe an. Wir müssen viele Modelltests machen, damit wir einen besseren Überblick haben, wie die Prüfung abläuft!"

---

**semi-formell**: halb formell
**kontrovers**: kritisch, zu einer Diskussion führend
**schlimm**: schlecht, schrecklich
**sich (A) etwas (D) stellen**: etwas machen, auch wenn man es nicht will
**sich austauschen**: sich gegenseitig Informationen geben, miteinander sprechen
**etwas außer Acht lassen**: etwas ignorieren/nicht beachten
**sich (D) etwas (A) vornehmen**: etwas planen

Die Anforderungen der Prüfung waren anspruchsvoll, aber die vier Kollegen waren fest entschlossen, **sich** dieser Herausforderung zu **stellen**. Die nächste Stunde verbrachten sie damit, einen strukturierten Lernplan für die nächsten elf Wochen zu erstellen. Sie legten Lernzeiten fest und planten regelmäßige Treffen, um ihren Fortschritt zu überprüfen und **sich auszutauschen**. Sie setzten sich realistische Ziele, denn schließlich hatten sie auch noch einen Vollzeitjob, um den sie sich kümmern mussten. Außerdem hatte jeder von ihnen seine individuellen Stärken und Schwächen, die sie nicht **außer Acht lassen** durften. Bei der Prüfungsvorbereitung war es besonders wichtig, realistisch zu bleiben und **sich** nicht zu viel **vorzunehmen**, auch wenn man ein großes Ziel **vor Augen hatte**

Die nächsten sechs Wochen würden **zweifellos** anstrengend sein, aber sie waren fest davon überzeugt, dass ihre Entschlossenheit sie zum Erfolg führen würde.

Um den Start ihrer neuen Lernreise zu feiern, machte Emily einen Vorschlag. „Wie wäre es, wenn wir zu mir gehen? Ich wohne gleich um die Ecke und würde euch

---

**etwas vor Augen haben**: sich etwas vorstellen, etwas visualisieren
**zweifellos**: ohne Zweifel, ganz klar

gerne zu einer Pizza einladen. Schließlich brauchen wir Kraft für die nächste Zeit!“

Die anderen drei waren einverstanden und machten sich zu Fuß auf den Weg zu Emilys Zuhause.

# KAPITEL 15
# FREUNDE

„Oh wow, was ist das denn für eine unglaubliche **Bude**?“, fragte James mit weit **aufgerissenen** Augen. Die drei Besucher **kamen nicht aus dem Staunen heraus**, als sie Emilys Luxuswohnung betraten. Sie wohnte in einem Penthouse direkt in der Ludwigssvorstadt, der teuersten Gegend in ganz München. Sie liefen vom Flur ins Wohnzimmer, vorbei an zwei **bodenhohen** Fenstern mit einem beeindruckenden Ausblick auf die Isar und die bayerische Hauptstadt. Das riesige Wohnzimmer hatte eine **Schiebetür** aus Glas, die auf eine noch größere Terrasse führte.

„Die gehört mir nicht, ich wohne hier nur zur Miete. Trotzdem herzlich willkommen!“, reagierte Emily mit einem Grinsen im Gesicht. „Auf was für eine Pizza habt ihr Lust? Hier gibt es einen großartigen Italiener um die Ecke.“

---

**die Bude, n**: die Wohnung (umgangssprachlich)
**aufgerissen**: weit offen
**nicht aus dem Staunen herauskommen**: nicht aufhören können, überrascht/fasziniert zu sein
**bodenhoch**: vom Boden bis zur Decke
**die Schiebetür, en**: eine Tür zum Aufschieben, meistens für Terrassen/Gärten

„Emily, wie kannst du dir das mit deinem Praktikantinnengehalt leisten?“, fragte Miguel **scherzhaft**. Die drei wussten natürlich, dass die New Yorkerin aus einer sehr **wohlhabenden** Familie kam. Aber dass sie so reich waren und ihre Tochter in einem Schloss unterbringen würden, hätten sie nicht gedacht.

„Wisst ihr, ich wäre lieber in einer ganz normalen Wohnung und hätte stattdessen mehr Liebe und Aufmerksamkeit von meinem Vater. Das einzige, was er kennt, ist Geld. Aber lassen wir dieses Thema, sollen wir bestellen?“

Nachdem sich die vier für Pizza und Pasta entschieden und per Telefon bestellt hatten, machten sie es sich auf Emilys **Sofalandschaft** gemütlich. Ihre Einrichtung war **makellos**, jedes Möbelstück passte farblich zum anderen, an der Wand hingen Bilder bekannter Künstler, mehrere Pflanzen **zierten** den Raum. Sie dachten, sie könnten sich nicht wohler fühlen, als Emily plötzlich entspannte Musik anmachte.

---

**scherzhaft**: im Witz/Scherz, nicht ernst gemeint
**wohlhabend**: viel Geld haben
**die Sofalandschaft, en**: ein sehr großes Sofa, oft ein Ecksofa
**makellos**: perfekt, ohne Fehler
**etwas zieren**: etwas schmücken/dekorieren

„Wie kam es dazu, dass du von einer Metropole wie New York ans andere Ende der Welt nach München gezogen bist?", wollte Valeska wissen.

„Das hat **sich** durch Zufall **ergeben**. Meine Mutter war Deutsche und arbeitete am Münchner Flughafen als Flugbegleiterin, bevor sie meinen Vater kennenlernte und in die USA zog. Leider ist sie schon vor längerer Zeit gestorben und ich wusste seitdem nie wirklich, was ich aus meinem Leben machen sollte. Aber dann kam meine beste Freundin mit dem Jobangebot bei MünchAir zu mir und dann wusste ich sofort, dass ich hierherkommen würde."

„Das klingt ja richtig nach Schicksal!", **warf** James **ein**. „Es tut mir wirklich sehr leid, dass deine Mama nicht mehr lebt."

„Es ist schon okay, danke James. Wie hat es dich damals nach Deutschland **verschlagen**?", fragte Emily neugierig.

„Ach, ich war ehrlich gesagt etwas gelangweilt von Schottland. Wir haben zwar eine schöne Natur und gute Luft, aber irgendwann konnte ich es nicht mehr sehen und brauchte einen **Tapetenwechsel**. Wenn du aus einer

---

**sich ergeben**: passieren
**(etwas) einwerfen**: etwas einwenden/sagen
**jemanden verschlagen** (an einen Ort): wenn man an einen anderen Ort zieht

Kleinstadt kommst so wie ich, dann kennst du irgendwann jeden und seine Lebensgeschichte. Das ist auf der einen Seite zwar schön und **vertraut**, aber auf der anderen Seite hat man das Gefühl, dass man **auf Schritt und Tritt** beobachtet wird."

„Dieses Gefühl kenne ich nur zu gut, James!", entgegnete Valeska mit einem Lachen. „Ich komme aus einer Kleinstadt bei Krakau und bei uns ist es ganz genau so! Wenn ich mal am Wochenende mit meinen Freundinnen feiern war, wusste am nächsten Tag die ganze Nachbarschaft davon."

„Bist du deshalb nach München gezogen, weit weg von deinen Nachbarn?", scherzte Miguel.

„Nein, natürlich nicht! Ich wollte schon immer Deutsch lernen, weil Deutschland unser Nachbarland ist und die Berufschancen hier wesentlich besser sind als bei uns. Ich habe die Stellenanzeige am Flughafen damals im Internet gefunden und mich direkt beworben", erklärte Valeska. „Was ist mit dir, Miguel?"

---

**der Tapetenwechsel, -**: etwas anderes machen, etwas Neues sehen
**vertraut**: bekannt
**auf Schritt und Tritt**: bei jedem Schritt

„Bei mir war das ähnlich. Málaga ist zwar eine wunderbare Stadt direkt am Meer, wir haben dreihundert Tage Sonne im Jahr, das beste Essen und die Menschen haben fast immer gute Laune. Aber wirtschaftlich geht es uns **lange** nicht so gut wie den Deutschen, unsere Löhne sind niedrig, selbst wenn man studiert hat. Deshalb bin ich hierhergekommen, in der Hoffnung auf eine sichere und sorgenfreie Zukunft."

Die Gespräche entwickelten sich **mühelos** und die vier konnten einander noch besser kennenlernen. Es war **erstaunlich**, wie jeder aus einem anderen Land kam, aber sie doch ähnliche Hoffnungen und Sorgen hatten. Sie unterhielten sich **über Gott und die Welt**, aßen ihr Abendessen und genossen die Musik, die aus Emilys Lautsprechern zu hören war.

Dass die deutsche Sprache und die Herausforderung der C1-Prüfung sie so miteinander verbinden würde, war etwas ganz Besonderes. Keiner der vier fühlte sich mehr allein mit

---

**lange**: bei Weitem, mit großem Abstand
**mühelos**: ohne Arbeit, problemlos
**erstaunlich**: überraschend, faszinierend
**über Gott und die Welt**: über alle möglichen Themen

dieser **überwältigenden** Aufgabe, die sie in genau elf Wochen meistern mussten.

---

**überwältigend**: mehr als man schaffen/leisten kann

## KAPITEL 16
# MEHR ALS NUR FREUNDE?

Es war schon kurz vor **Mitternacht**, Valeska wurde langsam müde und musste **gähnen**. „Huch, schon fast zwölf! Die Zeit ist ja **wie im Flug** vergangen. **Apropos**: Morgen früh habe ich einen Flug nach Stockholm und muss mich leider bald von euch verabschieden. Am liebsten würde ich ewig bleiben, dein Zuhause ist einfach ein Traum. Vielen Dank für deine **Gastfreundschaft**, liebe Emily!“

„Nicht dafür! Ich freue mich, dass du da warst und hoffe, du kommst mal wieder“, entgegnete Emily freundschaftlich.

„Das musst du mir nicht zweimal sagen!“ Valeska lachte.

„Ich **muss** auch langsam **los**, mein Wecker klingelt schon um 5 Uhr. Außerdem bin ich mit dem Fahrrad da, das

---

**die Mitternacht, -nächte**: 0 Uhr
**gähnen**: Mundbewegung, wenn man müde ist
**wie im Flug**: sehr schnell
**apropos**: übrigens
**die Gastfreundschaft, en**: wenn man seine Gäste gut behandelt
**losmüssen**: gehen müssen

muss ich noch an der Stadtbibliothek abholen." James stand vom Sofa auf und streckte sich.

„Na gut, dann mache ich mich auch mal auf den Weg. Ein kleiner Spaziergang durch die Innenstadt tut mir bestimmt gut, immerhin haben wir heute wieder fast den ganzen Tag im Sitzen verbracht", bemerkte Miguel und stand **ebenfalls** auf, um sich zu strecken. James grinste ihn an.

„Ich kann dich gerne mitnehmen, Miguel. Ich bin mit dem Auto da, das steht allerdings im Parkhaus zwei Blocks von hier." Valeska warf dem Spanier einen **verschmitzten** Blick zu.

„Dieses Angebot werde ich bestimmt nicht **ablehnen**, danke dir! So kann ich dich auch zum Auto begleiten und **sicherstellen**, dass dir nichts passiert." Miguel reagierte mit einem Augenzwinkern.

Bevor die drei Deutschlerner sich verabschiedeten, planten sie ihre Treffen für die kommende Zeit. Sie beschlossen, sich mehrmals wöchentlich zu treffen und gemeinsam zu lernen. Nun fehlte ihnen nur noch ein Lektor,

---

**ebenfalls**: auch
**verschmitzt**: scherzhaft, lustig
**etwas ablehnen**: zu etwas nein sagen
**etwas sicherstellen**: etwas garantieren, für etwas sorgen

der ihnen bei den Textkorrekturen helfen würde. Irgendjemand würde noch **auftauchen**, davon waren sie überzeugt.

„Also, bis zum nächsten Mal. Schlaft gut!“ James ging in Richtung Stadtbibliothek, Valeska und Miguel liefen mit langsamen Schritten zum Parkhaus.

„Das war wirklich ein richtig schöner Abend! Ich bin so froh, dass wir uns gefunden haben!“, sagte Valeska glücklich.

„Meinst du uns beide?“ Miguel grinste. Er war immer ein wenig nervös an Valeskas Seite.

„Eigentlich meinte ich uns vier, aber ich bin natürlich auch froh, dass du und ich uns kennengelernt haben“, bestätigte sie ihm **warmherzig**.

„Ich muss ehrlich zugeben, dass ich sehr oft an dich denke. Und manchmal frage ich mich, wie dein Ehemann so eine tolle Frau wie dich **verlassen** konnte.“ Miguels Stimme

---

**auftauchen**: plötzlich kommen
**warmherzig**: lieb, herzlich

klang sehr sanft. Man merkte, dass Valeskas **Wohlergehen** ihm sehr wichtig war.

„Ach, das ist eine längere Geschichte. Und nicht er hat mich verlassen, sondern ich ihn. Es war einfach nicht mehr **auszuhalten**", erklärte sie **bedrückt**.

„Darf ich fragen, was passiert ist oder ist dir dieses Thema zu privat?"

Valeska blieb kurz stehen und überlegte, was sie als Nächstes sagen würde. „Ehrlich gesagt habe ich mich noch nie so **einsam** gefühlt wie an der Seite dieses Mannes. Ihm geht es nur um seine Karriere, alles andere ist ihm egal. Ich glaube, er hat sich nie wirklich für mich interessiert, sondern wollte nur eine Frau heiraten, die ihm **den Haushalt schmeißt**."

„Das tut bestimmt sehr weh, das hast du nicht verdient", reagierte Miguel **verständnisvoll**.

---

**jemanden verlassen**: sich von jemandem trennen
**das Wohlergehen** (*nur Singular*): das gute Befinden, das Wohlsein
**etwas aushalten**: etwas akzeptieren können
**bedrückt**: besorgt, traurig
**einsam**: allein
**den Haushalt schmeißen**: sich um den Haushalt kümmern
**verständnisvoll**: respektvoll

„Ja, aber viel schlimmer ist für mich, dass er keine Familie mit mir **gründen** wollte. Ich bin eben ein Familien- und kein Karrieremensch und eigene Kinder sind für mich das größte Glück. Ich finde, dass ich diesen Wunsch nicht aufgeben muss und deshalb habe ich mich getrennt."

Miguels Herz begann, wie wild zu schlagen. In diesem Moment wollte er Valeska einfach nur in den Arm nehmen und sie nie wieder **loslassen**. Er lief noch ein Stück neben ihr her, bevor er schließlich antwortete:

„Der richtige Mann wartet schon auf dich, da bin ich mir sicher."

Valeska hielt an und drehte sich zu ihm. Sie schaute ihm tief in die Augen. Miguels Knie begannen zu zittern.

„Ich bin noch **nicht so weit**, Miguel."

Sie holte ihren Schlüssel aus der Tasche und öffnete ihren weißen BMW. **Wortlos** stiegen die beiden ein und verließen das Parkhaus. Die Fahrt zu Miguels Wohnung

---

**etwas gründen**: etwas beginnen/aufbauen (z.B. eine Familie/eine Firma)
**etwas/jemanden loslassen**: etwas/jemanden gehen lassen/nicht mehr festhalten
**nicht so weit**: nicht bereit
**wortlos**: ohne zu sprechen

dauerte nur ein paar Minuten. Bevor er ausstieg, schaute er sie mit einem sanften Blick an und sagte:

„Nimm dir so viel Zeit, wie du brauchst. Ich bin für dich da. Schlaf schön und einen guten Flug morgen!"

Sie nickte still und verabschiedete sich von ihm. Er stieg aus und drehte sich nochmal zu ihr um, bevor sie losfuhr. Man merkte ihm an, dass er sich jetzt schon **Hals über Kopf** in sie verliebt hatte.

Auf dem Heimweg **versank** Valeska in tiefe Gedanken. Auch ihre Gefühle spielten verrückt, obwohl sie sich nicht sicher war, was genau sie fühlte.

---

**Hals über Kopf**: komplett, total
**versinken**: untergehen, sich in etwas verlieren

# KAPITEL 17
# DAS GIBT'S DOCH NICHT!

Miguel wachte am nächsten Tag mit **Schmetterlingen im Bauch** auf. Er konnte an nichts anderes denken als an die schöne Valeska. Je mehr Zeit er mit ihr verbrachte, umso besser gefiel sie ihm. Sie war klug, humorvoll und unendlich **liebenswert** - eine echte Traumfrau. So schön es sich anfühlte, so **weh taten** ihm ihre Worte von gestern Abend.

*Ich bin noch nicht so weit, Miguel.*

Es waren nur sieben Wörter, aber sie trafen sein Herz wie **Pfeilspitzen**. Er wollte gar nicht daran denken, dass sie nicht dieselben **Gefühle** für ihn **hegen** könnte wie er für sie. Sie hatte sein Herz schon längst gewonnen und er stellte sich vor, wie **erfüllend** eine gemeinsame Zukunft wäre.

---

**Schmetterlinge im Bauch haben**: verliebt sein
**liebenswert**: liebevoll
**wehtun**: schmerzen
**die Pfeilspitze, n**: der vordere Teil eines Pfeils
**Gefühle für jemanden hegen**: in jemanden verliebt sein
**erfüllend**: wenn eine Sache einem alles gibt, was man braucht/will

RINGRINGRING

Miguel wurde von seinem Wecker **aus** seinem **Tagtraum gerissen**. Er lag zwar schon seit einer Weile mit geöffneten Augen im Bett, konnte aber bisher nicht aufstehen. Leider **blieb** ihm **nichts anderes übrig**, denn heute hatte er eine wichtige Präsentation und musste unbedingt pünktlich sein. Er machte das Radio an und drehte die Musik laut auf, um seinen **morgendlichen** Energieschub zu bekommen. In seiner Heimat hörten seine Eltern jeden Morgen Salsa und tanzten durch die Küche, um gute Laune zu bekommen. Seine Eltern waren das **Paradebeispiel** für eine harmonische Ehe. Er hoffte, eines Tages auch so glücklich zu sein wie sie.

Nachdem er sich fertig gemacht hatte, verließ er seine Wohnung und ging zur Haustür hinaus. Er entschied, noch zum Bäcker zu gehen, weil er kein Brot mehr zuhause hatte und nicht hatte frühstücken können. Er holte sich eine **Semmel** mit **Leberkäs**, zwei Brezn und eine **Trinkschokolade**, da sein **Magen** schon **knurrte** und er

---

**jemanden aus dem (Tag)Traum reißen**: jemanden aufwecken
**nichts anderes übrigbleiben**: keine andere Möglichkeit haben
**morgendlich**: jeden Morgen, morgens
**das Paradebeispiel, e**: das beste Beispiel für etwas

Angst hatte, bis zum Mittagessen nicht **durchzuhalten**.

An der U-Bahn-Haltestelle Giselastraße wartete Miguel auf seine Bahn, um zum Flughafen zu fahren. Plötzlich hörte er, wie jemand neben ihm laut telefonierte. Die Stimme kam ihm bekannt vor, aber er konnte sie nicht **zuordnen**.

„Doch, ganz sicher! Die Form *möchten* ist kein Infinitiv! Das kommt von dem Verb *mögen* - möchte ist ein Konjunktiv II." Die Frauenstimme klang freundlich, aber gleichzeitig sehr **überzeugt**.

Er lachte **innerlich**. Wie konnte man morgens um kurz nach sieben schon über Grammatik sprechen? Für ihn war die deutsche Grammatik immer noch ein **Mysterium**, aber er gab sein Bestes, um die Regeln zu verstehen und anzuwenden.

---

**die Semmel, n**: das Brötchen
**der Leberkäs(e), -**: die Wurstspezialität
**die Trinkschokolade, n** (*meistens Singular*): Milch mit Kakao
**der Magen knurrt**: der Bauch/Magen macht Geräusche, wenn man Hunger hat
**durchhalten**: etwas schaffen/überstehen
**etwas zuordnen**: wissen, zu welcher Sache/Person etwas gehört
**überzeugt**: wenn man sich sicher ist
**innerlich**: ohne, dass es andere sehen oder hören
**das Mysterium, Mysterien**: das Phänomen, das Geheimnis

Die Frau erklärte weiter: „Ja, Dativobjekte sind sehr oft Menschen oder Tiere. Daher fragt man nur *Wem?* und nicht *Wen oder Was?* wie beim Akkusativobjekt."

Miguel drehte sich zu ihr um und schaute sie an. Nun wusste er direkt, woher er die Stimme kannte. Es war Julia von der Lingster Academy. Der Spanier folgte ihrem YouTube-Kanal schon seit Jahren und liebte ihre Grammatikvideos. Er wusste nicht, ob er sie **ansprechen** sollte, schließlich war sie gerade am Telefon.

Die Bahn kam und die beiden stiegen ein, in dem **Augenblick** beendete Julia ihr Telefongespräch. Sie nahm auf einem **Vierersitz** Platz und Miguel nutzte die Chance, um sich ihr gegenüber zu setzen. Sie lächelte ihn freundlich an und nickte.

„Du bist Julia, oder?", fragte er nervös.

„Ja, das bin ich! Und wer bist du?", entgegnete sie mit einem offenen Gesichtsausdruck.

---

**jemanden ansprechen**: ein Gespräch mit jemandem beginnen
**der Augenblick, e**: der Moment
**der Vierersitz, e**: eine Bank mit vier Sitzen

„Ich bin Miguel aus Spanien. Ich folge deinem Kanal und habe schon so viel Grammatik von dir gelernt. Vielen Dank!"

Julia lachte und legte ihre rechte Hand auf ihr Herz, um ihm zu danken. „Seit wann lernst du schon Deutsch?", wollte sie wissen.

„Schon einige Jahre, aber ich bin immer noch nicht gut genug!", antwortete Miguel **bescheiden**.

„Du sprichst schon **hervorragend** Deutsch, Miguel! Soweit ich dich **einschätzen** kann, bist du schon auf einem sehr guten B-Niveau."

„Ja, aber ich muss in **knapp** 11 Wochen die C1-Prüfung schaffen, sonst verliere ich meinen Job. Und meine drei Kollegen und ich suchen seit Wochen einen passenden Lehrer, aber können niemanden finden. Wir sind so **verzweifelt**, dass wir beschlossen haben, uns allein auf die Prüfung vorzubereiten. Aber wir haben niemanden, der uns korrigiert."

---

**bescheiden**: moderat, simpel
**hervorragend**: exzellent, ausgezeichnet
**etwas/jemanden einschätzen**: etwas/jemanden ungefähr bestimmen
**knapp**: fast, ungefähr
**verzweifelt**: hilflos, ohne Lösung

Julia starrte ihn mit hochgezogenen Augenbrauen an. „Das ist ja eine **verzwickte** Situation! Tut mir sehr leid zu hören, dass ihr bisher kein Glück mit einem Lehrer hattet."

„Wir haben große Angst, dass wir es nicht schaffen! Diese Prüfung ist extrem wichtig für uns und unsere Zukunft." Miguel senkte den Kopf, seine Stimmung **trübte sich**.

„Miguel", sagte Julia und legte ihre Hand auf seine Schulter. Für einen Moment schwieg sie und schaute ihm einfach nur in die Augen. Dann grinste sie. „Ich werde euch helfen."

Der Spanier **traute seinen Ohren nicht**. „Wie bitte?"

„Ich helfe euch, die Prüfung zu bestehen", wiederholte sie.

„Meinst du das ernst?", fragte er, seine Augen waren weit aufgerissen.

---

**verzwickt**: kompliziert, komplex
**sich trüben**: sich verschlechtern
**seinen Ohren nicht trauen**: nicht glauben, was man hört

„Es wäre ein **böser** Scherz, wenn ich es nicht ernst meinen würde!" Sie lachte und freute sich über die Erleichterung in Miguels Gesicht.

„Ich kann es nicht glauben. Danke, danke!" Er sprang kurz von seinem Sitz auf und machte eine **Geste** in Richtung Himmel. „Gracias, dios!" Miguel wusste in diesem Moment, dass er endlich eine Lehrerin gefunden hatte.

„Ich bin noch ein paar Tage in der Stadt und habe heute bis 17 Uhr an der Universität einen Termin. Wir können uns direkt danach am Campus auf dem Geschwister-Scholl-Platz treffen. **Passt** euch das?"

„Natürlich passt uns das! Wir werden da sein! Tausend Dank, ich weiß gar nicht, was ich sagen soll!" Miguel war vor Freude **komplett aus dem Häuschen**.

„Wie wär's mit ***pfiat di*** und bis später?", schlug sie augenzwinkernd vor.

„*Pfiat di*, Julia!"

---

**böse**: schlecht, gemein
**die Geste, n**: Bewegung mit den Händen
**passen**: zeitlich funktionieren
**komplett aus dem Häuschen sein**: sehr überrascht/glücklich sein
**Pfiat di!**: Tschüss! (*Bayerisch, Österreichisch*)

An der nächsten Haltestelle stieg die Deutschlehrerin aus. Miguel blieb mit einem riesigen Grinsen im Gesicht zurück. Sofort holte er sein Handy aus der Tasche, um die anderen über diese ganz besonderen Nachrichten zu informieren.

## KAPITEL 18
# DER ULTIMATIVE LERNPLAN

Für die vier Deutschlerner ging an diesem Tag eine neue Tür auf. Nicht nur hatten sie selbst **die Initiative ergriffen** und sich ihren eigenen Lernplan für die C1-Prüfung des Goethe- Instituts gemacht. Sie hatten durch einen **Riesenzufall** auch eine Deutschlehrerin gefunden, die ihnen helfen würde, ihr Ziel zu erreichen. Sie fühlten sich wie **doppelte** Gewinner, denn durch die **Eigeninitiative** bei der Vorbereitung hatten sie schon die wichtigen ersten Schritte gemacht und dadurch Zeit gespart.

Um 16 Uhr trafen sich die vier aufgeregten Freunde vor dem Terminal, um gemeinsam zur Universität zu fahren. Valeska hatte Glück, denn ihr Flug von Stockholm zurück nach München landete **planmäßig** um 15.25 Uhr, sodass sie pünktlich zum Treffpunkt kommen konnte.

---

**die Initiative ergreifen**: selbst aktiv werden
**der Riesenzufall, -zufälle**: ein sehr großer Zufall
**doppelt**: zweimal
**die Eigeninitiative, n** (*meistens Singular*): selbst aktiv werden
**planmäßig**: nach Plan, pünktlich

„Wie hast du das geschafft, Miguel?“, wollte Emily wissen. Sie kannte Julia **ebenfalls** von YouTube, weil sie vor einiger Zeit ein Video über das Passiv von ihr geschaut und dadurch das Thema endlich verstanden hatte. „Sie hat doch bestimmt keine Zeit für sowas!“

„Mit meinem andalusischen **Charme**!“, scherzte er. „Nein, das ist nur ein Spaß. Ich habe ihr unsere Geschichte erzählt und sie wollte uns helfen. Sie wusste direkt, wie wichtig uns das Thema ist.“ Valeska schaute ihn von der Seite an, sein Scherz gefiel ihr überhaupt nicht, aber sie war natürlich sehr froh über die guten Nachrichten.

„Das ist so cool! Ich bin total erleichtert, wirklich. Mit Julia werden wir das auf jeden Fall schaffen, da bin ich mir ganz sicher“, **jubelte** Emily und machte einen kleinen **Freudentanz**. „Lasst uns gehen, sonst kommen wir noch zu spät!“

Als die vier auf dem Campus ankamen, **schwelgte** Miguel **in Erinnerungen**. „Ich vermisse die Zeit an der Uni.

---

**ebenfalls**: auch
**der Charme** (*nur Singular*): die Ausstrahlung, die Attraktivität
**jubeln**: schreien vor Freude
**der Freudentanz, -tänze**: tanzen, weil man froh ist

Damals fühlte sich alles noch so leicht an; weniger Sorgen, mehr Freizeit und natürlich mehr Partys!"

„Schreib doch eine Doktorarbeit, wenn du den Campus so sehr vermisst!" James lachte über seinen eigenen Witz, die anderen grinsten.

„Das ist gar keine schlechte Idee, James!" Miguel wusste, dass er nicht die **Muße** für eine **Dissertation** hätte, aber trotzdem fand er die Idee **spannend**.

„Hi Leute!", hörte man Julia von Weitem rufen. Sie lief über den Geschwister-Scholl-Platz auf die vier zu und lächelte. „Ihr seid also die Gruppe, die kurz vor einem **Nervenzusammenbruch** steht?"

Die Gruppe lachte **amüsiert** und Valeska, Emily und James stellten sich ihrer neuen Lehrerin vor.

„Ich habe uns für heute Abend einen Raum hier auf dem Campus organisiert, habt ihr eure Laptops dabei?" Julia war

---

**in Erinnerungen schwelgen**: nostalgisch sein, an früher denken
**die Muße** (*nur Singular*): die Lust, die Motivation
**die Dissertation, en**: die Doktorarbeit
**spannend**: interessant, aufregend
**der Nervenzusammenbruch, -brüche**: die Panikattacke
**amüsiert**: fröhlich, heiter

sehr motiviert, ihre neuen **Schützlinge** auf die Prüfung vorzubereiten.

Die fünf gingen in einen der zahlreichen Seminarräume und bauten ihre eigene kleine Sprachschule auf. Julia stellte sich an die Tafel und nahm einen Stift in die Hand.

„Miguel sagte mir, dass ihr schon einen Lernplan gemacht habt, zeigt mal her!“

James erklärte, was sie bisher alles organisiert hatten und zeigte ihr seine Notizen. Die Lehrerin schaute sich alles in Ruhe an und machte sich Gedanken.

„Das sieht doch schon sehr gut aus! Ich schlage vor, ihr macht erst einmal einen Einstufungstest, damit ihr genau seht, woran jeder einzelne von euch arbeiten muss. Ihr könnt ihn direkt online machen, die **URL** ist lingster.de/einstufungstest.“

Nach einer Weile waren die vier Lerner mit dem Test fertig. Sie nahmen sich Zeit, um alle Fragen durchzugehen und jeder sollte die Themen des Tests aufschreiben, die er noch nicht **beherrschte**.

---

**der Schützling, e**: Person, um die man sich kümmert
**die URL, s**: die Internetadresse
**etwas beherrschen**: etwas gut können

„Es ist wichtig, dass ihr eure Schwächen kennt und dann ganz **gezielt** daran arbeitet. So kommt ihr am schnellsten an euer Lernziel“, erklärte Julia.

Die vier hörten den Erklärungen gut zu und machten sich Notizen.

„Ich habe vor einiger Zeit einen 6-Punkte-Plan erstellt, den gehen wir jetzt gemeinsam durch und dann schauen wir uns die nächsten Schritte an. Punkt 1: Wie viel Zeit könnt ihr **realistisch** einplanen? Ich habe ja schon gesehen, dass ihr euch dazu schon Gedanken und einen Zeitplan gemacht habt. Es ist besser, jeden Tag ein bisschen zu lernen, als an einem Tag der Woche zehn Stunden. Aber das wisst ihr bestimmt, oder?“

Die vier Lerner nickten.

„Dann kommen wir direkt zu Punkt 2: Was müsst ihr vorbereiten? Ihr wisst ja, dass die Prüfung aus vier Teilen besteht - Lesen, Hören, Schreiben und Sprechen. Wir werden für jede dieser Fertigkeiten Materialien sammeln

---

**gezielt**: mit einem bestimmten Ziel
**realistisch**: wirklich, real

und ich zeige euch einen Modelltest, damit ihr **ein besseres Bild bekommt**."[490]

„Wir haben uns Bücher aus der Bibliothek ausgeliehen, darin sind ganz viele Modelltests", sagte James.

„Das freut mich zu hören, mit euch kann man arbeiten!", erwiderte Julia mit einem vergnügten Gesichtsausdruck. „Dann wäre der 3. Punkt **im Prinzip** auch schon erledigt: In welcher Reihenfolge solltet ihr lernen? Ich empfehle euch, erst einmal mit dem Modelltest eine Fertigkeit nach der anderen **durchzugehen**. So versteht ihr das Prüfungsformat und seid besser vorbereitet, wenn **es so weit ist**. Allgemein solltet ihr stets die vier Fertigkeiten **parallel** trainieren. Versucht also, so viel Deutsch wie nur möglich in euren Tag zu integrieren. Dazu sage ich euch später aber noch mehr."

„Das klingt sehr effizient. Ich kann es kaum erwarten, einen Modelltest zu machen!", rief Valeska, sie war **hypermotiviert**.

---

**ein besseres Bild bekommen**: sich etwas besser vorstellen können, einen genaueren Eindruck bekommen
**im Prinzip**: generell, eigentlich
**etwas durchgehen**: etwas Schritt für Schritt machen
**Es ist so weit**: etwas ist bereit/fertig
**parallel**: gleichzeitig, nebeneinander
**hypermotiviert**: extrem motiviert

„Und was sind die letzten drei Punkte des Lernplans?“, fragte Miguel neugierig.

„Die sind fast genauso wichtig wie die ersten drei! Punkt 4: **Verschwendet** keine Zeit! Ihr habt **einen straffen Zeitplan** und solltet es euch jetzt besser nicht erlauben, eine Woche in den Urlaub zu gehen. Das könnt ihr dann machen, wenn die Prüfung bestanden ist.“ Sie erklärte weiter: „Punkt 5: Immer cool bleiben! Ich weiß, ihr seid nervös und habt Angst, aber es ist nur eine von vielen Prüfungen im Leben und wenn ihr euch an euren Plan haltet und fleißig lernt, dann könnt ihr die Prüfung auf jeden Fall schaffen!“

Die vier nickten **eifrig**. Sie schrieben sich alles auf, was ihre neue Lehrerin ihnen erklärte.

„Und der letzte Punkt: **Lasst euch** nicht **ablenken**! Was meine ich damit? Solange ihr lernt, legt ihr am besten das Handy weg. Selbst wenn ihr nur ganz kurz ins Internet geht, braucht ihr bestimmt zehn Minuten, bis ihr euch wieder auf das Lernen konzentrieren könnt. Pausen sind natürlich okay! Ich lerne am besten mit der *Pomodoro-Technik*. Das

---

**etwas verschwenden**: etwas wegwerfen/nicht nutzen
**ein straffer Zeitplan**: ein Plan mit vielen Terminen und wenig Zeit
**eifrig**: aktiv, lebendig

heißt, dass man 25 Minuten konzentriert lernt und dann 5 Minuten Pause macht. Das macht ihr insgesamt viermal, dann habt ihr fast zwei Stunden konzentriert gelernt und könnt eine längere Pause machen."

„Das sind großartige Tipps, ich werde die Pomodoro-Technik direkt ausprobieren!", schwärmte Emily.

„Wir haben heute **einen soliden Grundstein** für die Vorbereitung **gelegt**. Gute Arbeit, Leute! Wir können uns morgen Abend nochmal zur gleichen Zeit treffen und mit dem Leseverstehen anfangen. Danach muss ich leider wieder zurück nach Hause, aber wir treffen uns dann einfach online. Okay? Ich freue mich sehr auf die Zusammenarbeit mit euch!"

Glücklich und zufrieden **gingen** die fünf **von dannen** und freuten sich auf den nächsten Tag.

---

**sich ablenken lassen**: sich nicht konzentrieren können
**einen soliden Grundstein legen**: eine gute Basis schaffen
**von dannen gehen**: weggehen

## KAPITEL 19

# LESEVERSTEHEN

Die Sonne schien Emily an diesem Morgen direkt ins Gesicht. Sie hatte vergessen, am gestrigen Abend die **Vorhänge zuzuziehen** und wurde von der Münchner Frühlingssonne geweckt, die durch ihre riesigen Fenster schien. Es war genau die richtige **Dosis**[504]Vitamin D an diesem Samstagmorgen, um in den Tag zu starten. Sie dachte direkt an Julias Worte:

*Versucht, so viel Deutsch wie nur möglich in euren Alltag zu **integrieren**.*

**Gesagt, getan**. Sie griff nach dem Roman für Deutschlerner, der auf ihrem Nachttisch lag und begann zu lesen. Sie merkte nach ein paar Seiten, dass es gar nicht schlimm war, eine ganze Geschichte zu lesen. Auf diese Weise konnte sie viel mehr Text **am Stück** lesen, ohne das Interesse zu verlieren.

---

**der Vorhang, Vorhänge**: die Gardine, Stoff vor dem Fenster
**etwas zuziehen**: etwas schließen/zumachen
**die Dosis, Dosen**: eine bestimmte Menge
**etwas integrieren**: etwas aufnehmen
**gesagt, getan**: einen Plan umsetzen/realisieren
**am Stück**: ohne Pause, auf einmal

Im Nordwesten Münchens **nahm** auch James **sich** den Ratschlag seiner Lehrerin **zu Herzen**. Er saß am Frühstückstisch, vor ihm ein riesiger Teller mit Rührei und Speck, die Tageszeitung lag **ausgebreitet** auf dem Tisch. Politik und Wirtschaft interessierten ihn und auch wenn er zuvor selten deutsche Zeitungen gelesen hatte, fiel ihm das Lesen nicht so schwer, wie er dachte. Es half ihm sehr, die Themen in seiner Muttersprache zu kennen, sodass er schon ungefähr wusste, welche Informationen ihn im Artikel erwarten würden. Schwierige Wörter übersetzte er direkt mit seinem Handy. Heutzutage musste man ja zum Glück nicht lange im Wörterbuch suchen, bis man eine Übersetzung fand.

Auch Miguel war an diesem sonnigen Vormittag schon fleißig. Zwar nahm er kein Buch in die Hand, aber er schaltete seine Lieblingsserie auf Deutsch an und stellte deutsche Untertitel ein. Auf Spanisch kannte er die Serie schon auswendig und das war natürlich eine **optimale** Voraussetzung, um sie endlich auf Deutsch zu schauen. Er hätte nicht gedacht, dass er auf einmal so viel verstehen würde und bemerkte, dass **Vorwissen** beim Lernen eine große Rolle spielte. Nach ein paar Folgen

---

**sich (D) etwas (A) zu Herzen nehmen**: einen Ratschlag befolgen
**etwas ausbreiten**: etwas auseinanderlegen/entfalten
**optimal**: bestmöglich, ideal

merkte er gar nicht mehr, dass die Serie auf Deutsch war und nicht in seiner Muttersprache. Er war **fasziniert**.

Valeska hatte an diesem Morgen weniger Spaß am Lesen. Sie hatte die **Scheidungspapiere** von ihrer **Anwältin** bekommen und sollte sich alles in Ruhe durchlesen, bevor sie weiter verhandeln würden. Ferdinand war zwar schon aus dem gemeinsamen Haus in eine Wohnung gezogen, aber er wollte ihr die Immobilie nicht für immer **überlassen**, schließlich hatte er sie bezahlt und in München waren Einfamilienhäuser ein Vermögen wert.

Sie wurde nervös, denn sie konnte nur einen kleinen Teil des **juristischen Schriftstücks** verstehen. Nach einer halben Stunde gab sie auf und legte den Papierstapel weg. Sie rief Emily an, um nach der heutigen Planung für die Prüfungsvorbereitung zu fragen.

---

**das Vorwissen (nur Singular)**: das Wissen, das man schon hat
**fasziniert**: positiv überrascht
**die Scheidungspapiere**: Dokumente der Scheidung
**die Anwältin, nen**: eine Juristin
**jemandem etwas überlassen**: jemandem etwas geben, ohne es zurück zu wollen
**das juristische Schriftstück**: Dokumente aus einem Prozess (vor Gericht)

„Hi Valeska, wie geht's dir?", meldete sich Emily mit guter Laune am anderen Ende der **Leitung**.

„Hallo Emily! Ach, es geht. Ich musste mir gerade Scheidungspapiere durchlesen und das macht natürlich wenig Spaß."

„Das kann ich verstehen! Komm doch zu mir, wir trinken einen Kaffee auf meiner Terrasse, das Wetter heute ist herrlich!" Emily hatte gerne Gäste bei sich, sie war nur ungern allein. „Ich frage James und Miguel, ob sie auch kommen wollen. Wir können doch unser Lerncamp für die nächsten Wochen bei mir **aufschlagen**. Ich habe viel Platz und immer einen vollen Kühlschrank!"

„Das ist eine großartige Idee! Lass mich Miguel anrufen, ich muss ihm **ohnehin** noch etwas sagen." Valeska klang etwas nervös, als würde sie etwas **verheimlichen**.

---

**die Leitung, en**: *hier*: das Telefon
**sein Zelt/Camp aufschlagen**: sich einrichten/niederlassen
**ohnehin**: auch, sowieso
**etwas verheimlichen**: etwas verschweigen/nicht sagen
**eintreffen**: ankommen
**nach und nach**: Stück für Stück, einer nach dem anderen
**etwas Revue passieren lassen**: nochmal an etwas denken, etwas gedanklich verarbeiten
**drankommen**: an der Reihe sein
**das Übliche** (*nur Singular*): wie immer

Knapp eine Stunde später **trafen** die drei Lerner **nach und nach** bei Emily **ein**. Sie **ließen** den gestrigen Tag **Revue passieren** und machten sich Gedanken über den Prüfungsteil Lesen. Sie sammelten einige Themen, die in Prüfungen immer wieder **drankamen**: Berufsleben, Umwelt, Gesundheit, Konsum, Medien - **das Übliche**. Sie beschlossen, für jedes große Thema ein Plakat zu machen und an Emilys riesige Wände zu hängen. So konnten sie wichtige Wörter sammeln und eine Mindmap erstellen. Auf diese Weise diskutierten sie gleichzeitig über die Themen und **deckten** damit zwei Fertigkeiten auf einmal **ab**: Lesen und Sprechen.

„Aber wie sollen wir denn alle Themen der Welt lernen? Wir können doch nicht Hunderte Texte lesen, verstehen und Fragen dazu beantworten. Das ist viel zu viel!“, wandte Miguel ein.

Sie beschlossen, später ihre Deutschlehrerin Julia zu fragen. Sicherlich hätte sie eine Idee, was man in diesem Fall tun könnte. Die vier machten eine längere Pause und gingen am Nachmittag im Englischen Garten spazieren. Der riesige Park im Herzen Münchens lag auf dem Weg zur Universität, sodass sie pünktlich um 17 Uhr wieder dort ankamen.

---

**etwas abdecken**: etwas beinhalten

„Hallo Leute, seid ihr fit für die nächste Runde?" Julia war schon im Seminarraum und hatte einen **Haufen** Materialien zum Lesen vorbereitet.

„Fit wie ein Turnschuh!", rief James, der diesen Ausdruck erst vor einigen Tagen gelernt hatte. Alle lachten.

„Ich habe hier eine Materialsammlung für euch erstellt, damit ihr einschätzen könnt, welche Themen in der Prüfung **abgefragt** werden können. Ich empfehle euch, dass ihr mit einer Lesetechnik arbeitet, denn ihr werdet in der Prüfung jede Sekunde benötigen und müsst schnelles Lesen lernen."

„Genau das brauchen wir!", platzte es aus Miguel heraus. „Wie funktioniert das?"

„Das geht mit der *SQ3R*-Methode. Das ist englisch und steht für *Survey*, *Question*, *Read*, *Recite* und *Review*. Damit könnt ihr in fünf Schritten effektiv lesen und euch die Informationen besser merken - und habt gleichzeitig schon Antworten auf Fragen im Text!", erklärte Julia in klarem Deutsch.

„Wow! Darüber will ich mehr wissen!", **meldete sich** Valeska begeistert **zu Wort**. „*Survey* heißt, dass ihr euch

---

**der Haufen, -**: eine Menge, viel
**etwas abfragen**: das Wissen durch Fragen testen

**einen Überblick** über den Inhalt **verschafft**. Ihr scannt den Text und macht euch einen Eindruck, worum es geht. Dazu könnt ihr den Text auch **überfliegen**, euch die Überschriften anschauen und nach **Schlüsselwörtern** suchen. Das ist immer der erste Schritt", erklärte sie, während die Gruppe aufmerksam zuhörte und sich Notizen machte.

„Danach geht es an die *Questions*, also die Fragen: Was will ich vom Text wissen? Stellt Fragen, auf die ihr im Text Antworten finden könnt. Ich mache das immer mit den typischen W-Fragen: *Was passiert? Wer ist dabei? Wann und wo passiert das Ganze? Warum und mit welchem Ziel? Und was passiert in der Zukunft?*

Wenn euch das noch zu **abstrakt** klingt, versucht es mal mit einem einfachen und kurzen Text in eurer Muttersprache. So bekommt ihr ein Gefühl dafür und lernt ganz schnell, welche Informationen **relevant** sind und welche nicht."

---

**sich zu Wort melden**: etwas sagen (wollen)
**sich einen Überblick verschaffen**: sich eine erste Idee von einem Thema machen
**etwas überfliegen**: etwas schnell lesen
**das Schlüsselwort, -wörter**: ein Wort, das wichtig für das Verständnis des Textes ist
**abstrakt**: theoretisch, hypothetisch
**relevant**: wichtig

„Das klingt sinnvoll!“ James **erschien** diese Technik logisch, auch die anderen nickten zustimmend.

„Und an dritter Stelle kommt dann das intensive Lesen des Textes, dafür könnt ihr euch mehr Zeit nehmen. Auf diese Weise versteht ihr den Inhalt im Detail und könnt gleich die Fragen beantworten, die ihr vorher aufgeschrieben habt. Ihr könnt dafür Textmarker nehmen oder einen Kuli - Hauptsache, ihr markiert die wichtigen Informationen, sodass ihr sie schnell wiederfindet. So könnt ihr den Text auch in Abschnitte aufteilen, denn jeder Text ist **im Grunde** ähnlich aufgebaut. Das merkt ihr, wenn ihr mehr Übung habt.“

„So habe ich das noch nie gemacht, aber es scheint sehr logisch und ich glaube, damit kann man viel Zeit sparen!“, sagte Miguel, während er fleißig mitschrieb.

„Auf jeden Fall, das ist eine **bewährte** Methode aus der Wissenschaft!“, antwortete Julia. „Schauen wir uns nun den vierten und fünften Schritt an: *Recite* steht für das Reflektieren des Inhalts. Schaut euch den Text nochmals an und schreibt wichtige Informationen auf. Versucht, das in

---

**Es erscheint mir...**: das ist für mich...
**im Grunde**: eigentlich, im Prinzip
**bewährt**: qualifiziert, professionell
**etwas rekapitulieren**: etwas wiederholen/resümieren
**die Parallele, n**: die Gemeinsamkeit

euren eigenen Worten zusammenzufassen und nicht aus dem Text abzuschreiben. Überlegt auch, ob ihr eure Fragen richtig beantwortet oder ob ihr etwas vergessen habt. Wenn ihr das gemacht habt, kommt ihr im fünften Schritt zur *Review* und dort **rekapituliert** ihr alles. Ihr könnt euch eine Mindmap machen und über **Parallelen** zu eurer eigenen

Perspektive oder Meinung nachdenken. So habt ihr ein Thema in mehreren **Runden** bearbeitet und fühlt euch viel sicherer damit. Ihr müsst auch nicht jedes Wort verstehen, sondern nur den Gesamtkontext."

„Das ist wirklich hilfreich! Vielen Dank!" rief James begeistert.

Die Gruppe übte an ein paar Texten und bekam einige Hausaufgaben auf. Sie planten, Anfang der nächsten Woche über eine Zoom-Konferenz die Fertigkeit Hörverstehen zu behandeln. Sie hatten bis dahin nun mehrere Tage Zeit, um sich intensiv mit Lesetexten zu beschäftigen. Julia würde **in der Zwischenzeit** ihre Hausaufgaben korrigieren und **Rückmeldung** geben.

---

**die Runde, n**: eine Partie, ein Durchgang
**in der Zwischenzeit**: bis etwas anderes fertig ist
**die Rückmeldung, en**: die Antwort, das Feedback

KAPITEL 20

# HÖRVERSTEHEN

„Wie läuft es bei dir?", wollte James ein paar Tage später von Emily wissen. Er rief sie am Nachmittag an, um sich nach ihr zu erkundigen. Dass die drei immer zu ihr kommen konnten, um zu lernen, fand er sehr **großzügig**.

„Ich kann **mich** nicht **beklagen**! Stell dir vor, ich habe schon einen ganzen Roman gelesen und gestern Abend den zweiten angefangen. Aus mir ist eine richtige **Leseratte** geworden!" Emily lachte, denn das Wort Leseratte hatte sie in der Stadtbibliothek gelernt, nachdem sie sich einen Ausweis beantragt und direkt achtzehn Bücher ausgeliehen hatte. „Und bei dir?"

„Das freut mich zu hören! Bei mir läuft es auch sehr gut, ich habe schon mehrere Aufgaben zur Korrektur **eingereicht** und zurückbekommen", sagte er stolz. In den letzten Tagen hatte er **zahlreiche** Texte gelesen und die neue S3QR-Methode angewendet, die Julia ihnen gezeigt hatte. Er versuchte, mehrere Textsorten zu üben, aber vor

---

**großzügig**: wenn man gerne gibt, spendabel
**sich beklagen**: sich beschweren
**die Leseratte, n**: jemand, der sehr viel und gerne liest
**etwas einreichen**: etwas abgeben
**zahlreich**: viele, eine Menge

allem Texte aus der Modellprüfung, Zeitungsartikel sowie einen Roman aus der Stadtbibliothek. Außerdem schaltete er die Untertitel seiner Lieblingsserie *Breaking Bad* ein.

„Großartig, weiter so! Wollt ihr später vorbeikommen, um uns auf das Thema Hörverstehen vorzubereiten? Morgen Abend ist unsere Zoom-Konferenz mit Julia. So kommen wir nicht **mit leeren Händen**."[548]Für Emily war es immer der schönste Moment des Tages, wenn es an der Tür klingelte und ihre Freunde mit ihren Lernmaterialien vorbeikamen. Eine Wohnung wie ihre machte nur Sinn, wenn man sie mit anderen zusammen genießen konnte.

„Na klar, wir **sind am Start**! Ich schreibe den anderen schnell in der WhatsApp-Gruppe, damit sie Bescheid wissen." James verabschiedete sich und legte auf.

Emily wollte noch schnell aufräumen, bevor die anderen kamen. Auf ihrem Handy machte sie einen Podcast an und **drehte** ihn so laut **auf**, dass sie ihn in der ganzen Wohnung hören konnte. In der heutigen Folge ging es um das Thema Plastik im Meer und die Frage, wie der Mensch die Umwelt noch **retten** könnte. „Das ist bestimmt ein

---

**mit leeren Händen**: ohne etwas zu haben/mitzubringen
**am Start sein**: dabei sein, mitmachen
**etwas aufdrehen**: etwas laut machen/stellen
**jemanden retten**: jemanden schützen/in Sicherheit bringen

Thema aus der Prüfung", dachte sich Emily und machte sich Gedanken, wie sie die Wörter aus diesem Themenbereich lernen könnte.

Nicht einmal eine Stunde später klingelte es und die drei Freunde standen **gesammelt** vor Emilys Tür. „Überraschung!" riefen sie gleichzeitig und streckten Emily eine mittelgroße **Papierschachtel** entgegen. Darin war ein Schokoladenkuchen mit der **Aufschrift** *Danke, liebe Freundin!* in weißen Buchstaben aus Zucker.

„Oh, wie schön! Aber **das wäre doch nicht nötig gewesen**! Ihr seid so toll, vielen Dank!" Emily war **gerührt** von der **Geste** ihrer Freunde und umarmte einen nach dem anderen. Für sie war es zwar **selbstverständlich**, dass alle bei ihr zuhause lernen konnten, aber dennoch freute sie sich riesig über das Geschenk. „Kommt rein, wir **legen** direkt **los**! Ich habe einen Podcast angemacht, damit ich mir im Hintergrund immer etwas anhören kann."

---

**gesammelt**: gemeinsam, zusammen
**die Papierschachtel, n**: eine Box aus Papier oder Karton
**die Aufschrift, en**: ein kurzer Text
**Das ist doch nicht nötig!**: wenn man etwas nicht tun muss
**gerührt**: emotional, begeistert
**die Geste, n**: eine freundliche Handlung, ein netter Akt
**selbstverständlich**: klar, natürlich
**loslegen**: anfangen, starten

„Das kommt mir bekannt vor, ist das von der Deutschen Welle?" Miguel zeigte auf den Lautsprecher, aus dem das Audio zu hören war.

„Ja, genau. Es gibt aber auch noch einige andere Podcasts, die ich mir regelmäßig anhöre. Kennst du den von Deutsch Perfekt?"

„Von der Deutschen Welle habe ich schon mal gehört, aber Deutsch Perfekt ist mir neu. Hört ihr auch deutsche Musik? Ich finde das als **Abwechslung** total cool. Am Anfang verstehe ich oft gar nichts, aber wenn ich das Lied ein paar Mal angehört habe, verstehe ich fast alles und kann sogar **mitsingen**. So trainiere ich gleichzeitig das Sprechen."

„Du meinst das Singen!" James lachte, die anderen lachten mit. „Welche Sänger hörst du gerne?"

„Ich höre gerne Mark Forster, Herbert Grönemeyer, Nena, und Helene Fischer."

„Die kenne ich auch! Ich höre am liebsten Silbermond und Xavier Naidoo, die haben viele **gefühlvolle** Lieder. Die Texte schaue ich mir dann immer auf songtexte.com an, dort findest du wirklich jedes Lied und kannst einfach **nachlesen**, wenn du etwas nicht verstehst. Bei YouTube

---

**die Abwechslung, en**: etwas Neues oder anderes machen
**mitsingen**: ein Lied singen

sind die Untertitel sogar schon oft dabei“, erklärte James.

„Oh, das hab ich ganz vergessen zu **erwähnen**! Julia hat mir gestern eine Playlist mit deutscher Musik geschickt. Ich glaube, dass einige der Sänger sogar dabei sind. Ich schicke euch schnell den Link!“, warf Miguel ein. „Und sie hat mir auch gesagt, dass wir morgen ein paar E-Mails aus der Arbeit vorlegen sollen, damit wir nach dem Hörverstehen direkt den schriftlichen Teil besprechen können.“

„Gut zu wissen! Ich habe Hunderte Mails von der Arbeit, die noch nicht so gut klingen. Mit Musik habe ich **tatsächlich** noch nie gelernt, obwohl ich die Idee super finde! Ich habe im Hintergrund immer den Fernseher laufen oder ich schaue mir deutsche Filme in der ARD Mediathek an“, berichtete Valeska.

„Was ist denn eine Mediathek? Das klingt wie Videothek, aber die gibt es ja schon längst nicht mehr!“ Emily hatte den **Begriff** noch nie gehört und wurde neugierig.

---

**gefühlvoll**: mit viel Gefühl, emotional
**etwas nachlesen**: etwas nachschlagen/lesen
**etwas erwähnen**: etwas sagen
**tatsächlich**: klar, sicher
**der Begriff, e**: ein Wort, eine Bezeichnung

„Viele deutsche Fernsehsender haben eine Online-Videothek für Filme und Serien. Man kann sie kostenlos anschauen und für die meisten gibt es sogar Untertitel. Ich schaue immer mal wieder bei ARD und ZDF, das sind die zwei bekanntesten deutschen Fernsehsender. Sie gehören zum **öffentlichen Rundfunk**. Aber auch private Sender wie RTL, ProSieben und Sat.1 haben eine Mediathek, obwohl es dort meiner Meinung nach nicht so viele gute Inhalte gibt. Das ist aber **Geschmackssache**." Valeska schaute gerne **Heimatfilme** und *Tatort*, eine bekannte Krimi-Serie aus Deutschland, die ebenfalls in der Mediathek zu finden ist.

„Klingt gut, ich werde mir das alles **in Ruhe** anschauen! Sollen wir uns mal den Prüfungsteil Hörverstehen aus dem Modelltest genau anschauen?", schlug James vor.

Alle nickten und er schlug den **besagten** Teil der Prüfung auf. Sie **verschafften sich einen** genauen **Überblick** und begannen Fragen zu notieren, die sie Julia stellen würden. Es wurde noch ein langer und produktiver Abend, den sie

---

**der öffentliche Rundfunk**: staatliches Radio und Fernsehen (nicht privat)
**die Geschmackssache, n** (*Plural selten*): der persönliche Geschmack, was einem gefällt
**der Heimatfilm, e**: ein Filmgenre, meist über ländliche Regionen (z.B. Bayern, die Alpen)
**in Ruhe**: konzentriert, intensiv

mit einem gemütlichen Abendessen und Kuchen zum Nachtisch **ausklingen ließen**. [571][572][573]

---

**besagt**: so genannt, mit Namen erwähnt
**sich einen Überblick verschaffen**: sich eine (erste) Idee von etwas machen, Informationen sammeln
**etwas ausklingen lassen**: zu Ende gehen, aufhören

# KAPITEL 21
# SCHRIFTLICHER AUSDRUCK

Am nächsten Abend trafen sich die vier wieder bei Emily. Sie waren sehr **aufgeregt,** denn in ein paar Minuten würde die Zoom-Konferenz mit Julia beginnen.

„Hallo und herzlich willkommen in der Lingster Academy! Ich bin eure Deutschlehrerin Julia und heute..." Julia musste lachen, als sie zur Begrüßung die **Einleitung** ihrer YouTube-Videos benutzte. Ihre neuen Schüler hatten den Satz direkt erkannt und lachten mit. „Wie kommt ihr vorwärts? Habt ihr meine Textkorrekturen schon gesehen? Gute Arbeit, ihr wart sehr fleißig!"

„Ja, wir waren sehr **fleißige Bienen**!", meldete sich Emily zu Wort. „Wir haben uns gestern getroffen, um uns intensiv mit dem Thema Hörverstehen auseinanderzusetzen." Sie listete alle Möglichkeiten auf, die sie zusammengetragen hatten, um ihr **Gehör** zu **schulen**.

---

**aufgeregt**: nervös, unruhig
**die Einleitung, en**: die Eröffnung, der Beginn
**fleißige Biene**: jemand, der sehr fleißig ist und viel arbeitet/lernt
**das Gehör, e**: die Fähigkeit zu hören, das Hörvermögen
**etwas/jemanden schulen**: etwas/jemanden trainieren, etwas/jemanden verbessern

Julia **lobte** ihre Schüler, denn sie hatten so gut wie alles aufgezählt, was sie für das heutige Zoom-Gespräch vorbereitet hatte. „Wunderbar, ihr habt schon ganze Arbeit geleistet! Ich habe euch noch weitere Materialien herausgesucht, mit denen ihr üben könnt. Aber ich sehe, dass ihr schon bestens **versorgt** seid. Habt ihr denn noch Fragen oder Unklarheiten?"

„Ich habe eine Frage: Gibt es eine Strategie, um in der Prüfung so viele Informationen wie möglich zu verstehen?", wollte Valeska wissen.

„Ja, die gibt es. Es gibt mehrere Möglichkeiten, einen Text anzuhören und Informationen herauszufiltern. Einerseits gibt es das *globale* Hören. Dabei geht es darum, zuerst einmal das große Ganze zu verstehen, also das Thema. Es ist nicht wichtig, jede einzelne Information zu verstehen, sondern nur den Kontext. Ihr bekommt die Fragen außerdem schon vorher, so wisst ihr ungefähr, worauf es ankommt. Dann kommt das *selektive* Hören. Nun könnt ihr konkrete Informationen herausfiltern, die ihr für eure Antwort in der Aufgabe benötigt. Je nach Aufgabe hört ihr den Text einmal oder zweimal. Es ist wichtig, dass ihr euch die Fragen und Antwortmöglichkeiten immer gut

---

**jemanden loben**: sagen, dass jemand etwas gut gemacht hat
**versorgt**: man hat alles, was man braucht

durchlest. Das gilt natürlich für alle Aufgaben in der Prüfung!“, erklärte Julia.

„Danke für diese Info, das ist eine hilfreiche Strategie. Wir sind alle zum Glück recht gut im Hörverstehen und haben die Modelltests bestanden, die wir gemacht haben“, ergänzte Emily.

„Glückwunsch, dann braucht ihr euch um diese Fertigkeit keine großen Sorgen zu machen! Sollen wir dann mit eurem Lieblingsthema Schreiben weitermachen?“, fragte Julia mit einem ironischen Lachen.

Die vier nickten **eifrig** und machten sich bereit für Julias Erklärung.

„Wer schreiben lernen will, muss schreiben“, begann die Lehrerin ihren kurzen Vortrag. „Auf der einen Seite könnt ihr Texte einfach abschreiben, das ist die simpelste Methode, um zu üben. So produziert ihr korrekte Sätze und müsst nicht überlegen, was ihr schreiben sollt. Das würde ich einmal am Tag machen, das **wirkt Wunder**! Aber dann ist es natürlich wichtig, dass ihr regelmäßig eigene Texte schreibt. Das kann zum Beispiel ein Tagebuch sein, in das ihr schreibt, was ihr erlebt habt. Ihr könnt einen Bericht aus

---

**eifrig**: begeistert, energisch
**Wunder wirken**: sehr gut funktionieren

einem Urlaub oder von einem Ausflug schreiben, den ihr gemacht habt. Als ich Spanisch gelernt habe, habe ich mich in den Park auf eine Bank gesetzt und aufgeschrieben, was ich sehe - Menschen, die an mir vorbeigingen, die **Umgebung**, die Natur, **Geräusche** etc. Ihr könnt über alles schreiben, was ihr wollt, Hauptsache ihr schreibt!", fügte Julia hinzu.

„Ich schreibe fast nie Texte, das ist mein Problem", **gestand** Miguel. „Und ich weiß auch nie, wie man einen guten Text schreibt. Mir fehlen immer Struktur und ein System."

„Da bist du nicht alleine, Miguel!", **merkte** Julia **an**. „Selbst ich als Muttersprachlerin habe immer mal wieder Schwierigkeiten mit dem Anfang. Ich schicke euch später meinen 4-Schritte-Plan für einen verständlichen Text, damit ihr euch damit vertraut machen könnt. Für eure Prüfung sollt ihr einen Forumsbeitrag und eine semi-formelle E-Mail schreiben. Um das gut zu trainieren, braucht ihr Redemittel, die schicke ich euch **ebenfalls** zu."

---

**die Umgebung, en**: alles, was um eine Person herum ist
**das Geräusch, e**: etwas, was man hört
**etwas gestehen**: etwas (Unangenehmes) offen aussprechen
**etwas anmerken**: etwas bemerken, sich zu einer Sache äußern
**ebenfalls**: auch, gleichfalls

„Was genau sind Redemittel? Ich hoffe, das ist keine blöde Frage!" Miguel wurde rot im Gesicht, als er diese Frage stellte.

„Es gibt eigentlich keine blöden Fragen, Miguel! In der deutschen Sprache gibt es viele komplizierte Begriffe. Es ist also gut, dass du fragst." Julia war es wichtig, dass ihre Schüler immer jede Frage stellten, die sie **auf dem Herzen hatten**, denn nur so konnte sie ihnen ganz **gezielt** helfen. „Redemittel sind Satzteile, die man in Texten immer wieder benutzen kann, zum Beispiel: *Meiner Meinung nach, aus diesem Grund, mit freundlichen Grüßen* etc."

„Ach so, jetzt verstehe ich! Im Spanischen nennen wir sie Phrasen", bemerkte Miguel.

„So kann man sie auch nennen, ja! Also Leute, eure Aufgabe ist es, innerhalb der nächsten drei Tage drei Forumsbeiträge zu schreiben. Das ist ein Beitrag pro Tag, den ihr mir per Mail schickt, damit ich ihn direkt korrigieren und euch Rückmeldung geben kann. Eure Mails von der Arbeit habe ich bekommen, ich korrigiere sie so schnell wie möglich. Damit ihr das noch besser üben könnt, habe ich jedem von euch eine E-Mail geschickt, in der ich euch um

---

**etwas auf dem Herzen haben**: ein persönliches Anliegen/ Problem haben
**gezielt**: mit Methode/Plan, systematisch

Informationen bitte. Die Idee ist, dass wir uns mehrere Mails schreiben, sodass eine Korrespondenz **entsteht** und ihr eine authentische Situation zum Schreiben habt."

„Dann haben wir ja wieder **alle Hände voll zu tun**. Lasst es uns anpacken!", rief James.

„Gute Arbeit, Leute! Wir treffen uns dann wieder in einer Woche und besprechen eure Ergebnisse. Viel Erfolg weiterhin, ihr packt das!" Julia freute sich über den Einsatz ihrer Schüler und war optimistisch in Bezug auf die bevorstehende Prüfung.

Die vier Lerner bedankten und verabschiedeten sich bei ihrer Lehrerin.

In den darauffolgenden Tagen würde jeder von ihnen mindestens einen Text und eine Mail schreiben und zur Korrektur einsenden. Jeden Tag fiel ihnen die Arbeit etwas leichter, denn sie waren **mittlerweile** an den Lernprozess gewöhnt und hatten mehr Disziplin als vorher.

---

**entstehen**: sich entwickeln
**alle Hände voll zu tun haben**: viel zu tun/erledigen haben
**mittlerweile**: im Laufe der Zeit, inzwischen

## KAPITEL 22

# MÜNDLICHER AUSDRUCK

Es waren mittlerweile mehr als vier Wochen vergangen, seit die vier Deutschlerner beschlossen hatten, sich selbst um die Vorbereitung auf die C1-Prüfung zu kümmern. Ihr Lernweg war **steinig** und voller **Hindernisse**, aber sie haben nicht aufgegeben und letztendlich eine Lösung gefunden - und wurden **obendrein** sogar vom Schicksal mit einer Deutschlehrerin belohnt. Wie so oft trafen sich die vier nach Feierabend vor dem Terminal, um gemeinsam zu Emily zu fahren.

„Geht es nur mir so oder schreibt ihr auch immer noch ziemlich miserable Texte? Die Rückmeldungen, die ich für meine schriftlichen Aufgaben bekommen habe, waren schlimm!" James hatte einen deprimierten Ausdruck im Gesicht.

„Du bist nicht allein, James. Mein Feedback ist auch ziemlich **mau** ausgefallen. Die größten Probleme habe ich mit dem Satzbau, vor allem bei längeren Sätzen mit

---

**steinig**: hart, schwierig
**das Hindernis, se**: eine Schwierigkeit oder Komplikation
**obendrein**: außerdem, noch dazu
**mau**: schlecht

mehreren Nebensätzen“, kommentierte Emily, die bei der Fertigkeit Schreiben **stets** Bauchschmerzen bekam.

„Wir haben noch etwas mehr als sechs Wochen Zeit. Man könnte jetzt sagen, dass das viel ist oder wenig, das kommt auf die Perspektive an. Jedenfalls ist das Schreiben **mit Abstand** das Schwierigste, was ich je gemacht habe.“ Auch Valeska hatte mit den Schreibaufgaben zu kämpfen und bekam alles andere als zufriedenstellende Rückmeldungen für ihre Texte.

„Es ist wichtig, dass wir uns davon nicht entmutigen lassen, sonst verschlechtert sich unsere Leistung insgesamt. In solchen Situationen muss man cool bleiben, aus den Fehlern lernen und weitermachen. Ich schlage vor, dass wir heute mal wieder Spaß haben und etwas unternehmen!“ Miguel war in diesem Moment derjenige, der für die Motivation in der Gruppe sorgte. Es war interessant zu sehen, dass es immer eine Person gab, die in solchen Situationen die Nerven behielt und die anderen wieder aus ihrem Motivationstief herauszog.

„Aber wir können doch jetzt nicht feiern gehen, wir müssen weiterlernen!“, merkte James **empört** an. Er war

---

**stets**: immer, jederzeit
**mit Abstand**: bei Weitem, mit großem Unterschied
**empört**: ärgerlich, wütend

sichtlich nervös, weil er große Angst hatte, die Prüfung nicht zu bestehen.

„Ich habe eine Idee! Wir haben Spaß und lernen gleichzeitig etwas." Miguel holte sein Handy aus der Tasche und begann zu tippen.

„Was meinst du?", wollte Valeska wissen, sie war **verwirrt**.

„Ich habe neulich in der Mittagspause mit ein paar Kollegen ein richtig witziges Spiel gespielt. Dabei musste man innerhalb einer Minute verschiedene Wörter erklären, die die anderen **erraten** müssen. Auf jeder Karte gibt es Begriffe, die man nicht benutzen darf. Also wenn man zum Beispiel das Wort *Eisbär* erklären soll, darf man **weder** Eis **noch** Bär benutzen", erklärte Miguel den anderen die Spielregeln.

„Du meinst Tabu, oder?" Emily kam das Spiel bekannt vor.

„Ja, genau! Die Begriffe, die man in der Erklärung nicht benutzen darf, sind tabu", ergänzte Miguel.

---

**verwirrt**: überrascht, so, dass man etwas nicht versteht
**etwas erraten**: etwas herausfinden
**weder ...noch**: nicht das eine und nicht das andere

„Ich liebe dieses Spiel! Das habe ich früher immer mit meinen Freundinnen gespielt", rief Valeska dazwischen. Man konnte ihr die Vorfreude auf das Spiel anmerken, sie zappelte wieder wie ein kleines Kind hin und her.

„Wir müssen dann aber noch ein paar Sachen einkaufen, bevor wir zu mir gehen. Wir brauchen Getränke und Snacks!" Emily war gastfreundlich wie immer und freute sich auf den Abend, der vor ihnen lag.

„Kann mein **Kumpel** Patrick auch kommen? Er arbeitet auch bei MünchAir, ihr habt ihn damals im Hofbräuhaus kennengelernt. Er ist superwitzig, aber vor allem ist er Muttersprachler, sodass er uns korrigieren kann. Für ein paar Bier würde er fast alles machen!" Miguel lachte, in der Hoffnung, dass seine Freunde Patrick den letzten Satz nicht verraten würden.

„Natürlich kann er kommen, Patrick ist bei mir immer willkommen, auch ohne Korrekturen!", entgegnete Emily.

Die vier gingen auf dem Weg zum Supermarkt und kauften **haufenweise** Chips, Schokolade, Salzstangen, Erdnüsse und einige Getränke. Miguel kaufte Rotwein und Fanta Zitrone, denn er wollte den anderen einen erfrischenden *Tinto de verano* zubereiten. Das war typisch

---

**der Kumpel, -**: ein guter Freund (*umgangssprachlich*)

in Spanien und sein Lieblingsgetränk. Für Patrick kaufte er Bier, denn etwas anderes mochte dieser nicht. Vielleicht könnte er ihn später überzeugen, doch noch etwas anderes zu trinken.

Bei Emily angekommen, **stießen** sie erst einmal **an**. Schließlich musste man immer mal wieder die kleinen Erfolge im Leben feiern und die hatten sie in den letzten Wochen zweifellos gehabt. Und wie sie damals auf dem Frühlingsfest bemerkt hatten, war eine Pause oft die beste Idee, um **seine Batterien** wieder **aufzuladen** und mit neuer Energie weiterzumachen.

Nachdem auch Patrick **eingetroffen** war, begannen die fünf zu spielen. Zuerst waren alle noch etwas schüchtern und sogar ängstlich, schließlich machten sie so etwas nicht oft und zudem hatten sie einen Muttersprachler im Raum, der jeden ihrer Fehler bemerken würde. Aber nach ein paar Runden und einem weiteren **Gläschen** war die Angst verschwunden und die Gruppe hatte jede Menge Spaß. Und

---

**haufenweise**: sehr viel
**anstoßen**: gefüllte Gläser leicht gegeneinanderstoßen, um auf etwas zu trinken
**seine Batterien aufladen**: neue Energie bekommen

dass sie gleichzeitig lernen würden, Dinge besser zu beschreiben, war ein willkommener Nebeneffekt.

„Patrick, du bist als nächstes dran! Keiner von uns kann so gut erklären wie du. Auf geht's!", rief Miguel fröhlich.

„Ok, Leute. Gut zuhören! Das ist etwas, was man auf das Möbelstück legt, auf dem man isst", begann er zu erklären.

„Teller, Tasse, Glas!", **platzte** es aus Emily **heraus**. Patrick hatte seinen Satz nicht mal zu Ende bringen können.

**„Geduld**, Emily! Es ist aus Stoff", erklärte Patrick weiter und lachte.

„Eine Serviette!", warf James ein.

„Eine Küchenrolle!", rief Valeska.

„Falsch! Man benutzt es, um das Möbelstück zu schützen."

„Ein Handtuch!", warf Miguel ein.

---

**eintreffen**: ankommen
**das Gläschen, -**: *hier:* ein Glas mit einem alkoholischen Getränk
**herausplatzen**: etwas spontan sagen/rufen
**die Geduld** (*nur Singular*): die Fähigkeit, ganz ruhig auf etwas warten zu können

„Ein Handtuch?“ Patrick lachte laut. „Das benutzt du im Bad, aber doch nicht beim Essen!“ Alle lachten mit.

„Ähm, ich meine Tischtuch! Tischdecke!“, korrigierte sich Miguel.

„Top, Miguel! Ein Punkt für dich!“ Patrick gab seinem Kumpel ein High Five, die beiden freuten sich.

Es war wieder einer dieser Abende, der ihre deprimierte Stimmung in Zuversicht verwandelt hatte. Was gab es Schöneres, als mit den besten Freunden einen Spieleabend zu verbringen, zu lachen und alle Sorgen zu vergessen? **Vermutlich** nicht viel. Die Zeit verging wie im Flug und um ein Uhr morgens bemerkten die fünf, dass sie sechs Stunden lang gespielt hatten, ohne auf die Uhr zu schauen. Man soll ja bekanntlich aufhören, wenn es am schönsten ist und außerdem mussten sie morgen früh aufstehen. Es war zweifellos die beste Übung für den mündlichen Ausdruck, die sie jemals gemacht hatten und sie **konnten es kaum erwarten**, bei der nächsten Gelegenheit weiterzuspielen.

---

**vermutlich**: wahrscheinlich, mit ziemlicher Sicherheit
**etwas kaum erwarten können**: sich sehr auf etwas freuen

## KAPITEL 23
# IRGENDETWAS FEHLT DOCH?

Es war ein **verregneter** Tag in München, der Himmel hing voller grauer Wolken und es **wehte** ein kalter Wind. Valeska hatte einen Flug nach Sevilla, der Hauptstadt Andalusiens. Wenigstens bekam sie so ein paar Sonnenstrahlen ab. Sie beschloss, Miguel anzurufen und ihn um ein paar Tipps für die Stadt zu bitten. Zwar war sie nur einen halben Tag dort, aber sie wollte die freie Zeit nicht am Flughafen verbringen, sondern etwas Neues sehen.

„Buenos días Miguel, cómo estás?“, fragte sie in **gebrochenem** Spanisch.

„Valeska, du klingst ja wie eine **waschechte** Spanierin! Es geht mir gut, danke und dir?“ Miguel war schon immer gut darin gewesen, Komplimente zu machen, aber bei Valeska fiel es ihm noch leichter. Er hatte sie wirklich gern.

„Gracias! Ich fliege in einer halben Stunde nach Sevilla und wollte dich nach ein paar Sehenswürdigkeiten fragen,

---

**verregnet**: mit viel Regen, regnerisch
**wehen**: sich in der Luft bewegen
**gebrochen**: *bei Sprachen*: nicht flüssig und mit vielen Fehlern sprechen
**waschecht**: richtig, echt

die ich mir dort anschauen könnte. Hast du ein paar Tipps? Ich bin nur ungefähr vier Stunden dort, kann man in der Zeit etwas Schönes machen?“

„Ja, natürlich! Zwei wunderschöne **Bauwerke** sind die *Plaza de España* und die Kathedrale. Dort gibt es auch ein paar **hervorragende** Restaurants, in denen du Tapas bestellen kannst. Anschließend kannst du ein **Päuschen** im Maria Luisa Park machen. Wie gefällt dir dieser Plan?“

„Das klingt toll, das werde ich machen. Danke, Miguel!“

„Immer wieder gerne! Schade, dass ich nicht dabei sein kann, um dich durch die Stadt zu führen. Aber eines Tages werde ich dir meine Heimat zeigen und du wirst begeistert sein!“ Miguel war ein Träumer und Romantiker und dass seine Herzensdame in seinem geliebten Spanien war, war für ihn ein außergewöhnliches Gefühl.

„Wir werden sehen!“, entgegnete Valeska und **kicherte**. „Was macht ihr heute?“

---

**das Bauwerk, e**: großer, beeindruckender Bau
**hervorragend**: sehr gut, ausgezeichnet, erstklassig
**das Päuschen, -**: eine kleine Pause (Diminutiv mit *-chen*)
**kichern**: leise (und mit hoher Stimme) lachen

„Gute Frage! Wir haben ein kleines **Notfalltreffen** bei Emily organisiert. Wir haben einen großen Fehler gemacht und das Thema Grammatik total **außer Acht gelassen**. Nun weiß ich auch, warum unsere Texte immer noch so schlecht sind. Wir haben dieses Thema völlig **vernachlässigt** und immer nur von den vier Fertigkeiten gesprochen. Aber wusstest du, dass der Begriff Grammatik aus dem Griechischen kommt und *die Kunst des Schreibens* bedeutet?"

„Scheiße, du hast recht! Ich habe das ehrlich gesagt auch total vergessen! Wo sollen wir denn anfangen, Grammatik ist doch ein riesiges **Feld**!"

„Valeska, ich habe dich noch nie **fluchen** hören!" Miguel lachte über das **Schimpfwort**, das Valeska benutzt hatte.

---

**das Notfalltreffen, -**: ein Treffen in einer Situation, in der man dringend Hilfe braucht
**etwas außer Acht lassen**: etwas nicht beachten
**etwas vernachlässigen**: sich zu wenig um etwas/jemanden kümmern
**das Feld, er**: *hier*: das Thema, der Bereich
**fluchen**: vor Ärger Schimpfwörter benutzen
**das Schimpfwort, -wörter/-worte**: beleidigende, verletzende oder vulgäre Worte

„Entschuldigung, das ist ja sonst nicht meine Art. Ich werde mich bessern!", sagte sie mit einem **frechen** Grinsen.

„Zu mir kannst du fast alles sagen, meine Liebe! Aber zurück zu deiner Frage: Ich gehe jetzt zu Emily, James ist schon dort. Wir wollen eine Zusammenfassung der wichtigsten Grammatikthemen machen und schauen, was wir noch lernen müssen. Sobald ich mehr Infos habe, schicke ich dir alles zu, dann kannst du auch etwas lernen!"

„Das ist lieb von dir, danke Miguel!"

„Du weißt, dass ich alles für dich tun würde, Valeska!" Er lachte, um seine Nervosität zu **überspielen**.

„Ja, ich habe das schon bemerkt", reagierte sie **keck** und **verabschiedete sich**.

---

**frech**: *hier*: auf liebenswerte Weise respektlos
**etwas überspielen**: sich etwas nicht anmerken lassen, davon ablenken
**keck**: frech, lustig charmant
**sich verabschieden**: auf Wiedersehen sagen
**mit rauchenden Köpfen/rauchendem Kopf**: angestrengt nachdenken

Bei Emily angekommen, saßen die New Yorkerin und der Schotte schon **mit rauchenden Köpfen** am Tisch. Miguel merkte ihnen die **Anspannung** an.

„Ich bin verzweifelt. Wir schaffen es doch niemals, die ganze Grammatik zu lernen, die man auf dem C1-Niveau braucht. Das sind alle Themen, die es gibt!" James saß **wie ein Häufchen Elend** auf Emilys luxuriösem Esszimmerstuhl. „Was machen wir jetzt? Unsere schriftlichen Texte sind immer noch voller Fehler. So bestehen wir die Prüfung nie!"

„Ruhig bleiben, James. Es gibt für alles eine Lösung!" Miguel setzte sich neben seinen Freund und klopfte ihm auf die Schulter.

„Du weißt schon, dass das Spezialgebiet unserer Lehrerin die deutsche Grammatik ist und dass sie zu fast allen wichtigen Themen schon ein Video gemacht hat?" Miguel grinste seinen Freund an, er wollte sich seine eigene Anspannung nicht anmerken lassen. Auch er hatte Angst, denn Grammatik war sein **Schwachpunkt**. All die

---

**die Anspannung, en**: die Anstrengung, die Konzentration
**wie ein Häufchen Elend**: sehr niedergeschlagen, verzweifelt

komplizierten Begriffe waren wie eine komplett andere Sprache für ihn.

„Miguel, das ist es! Daran habe ich überhaupt nicht gedacht. Manchmal **sieht** man **den Wald vor lauter Bäumen nicht**. Aber wo fangen wir an? Ich habe wirklich keine Ahnung, wie Grammatik funktioniert."

„Wir schreiben Julia. Sie kann uns bestimmt ein Einführungsvideo empfehlen und von dort aus schauen wir uns einfach die Themen an, mit denen wir Schwierigkeiten haben. Es gibt keine richtige oder falsche **Reihenfolge**, wir müssen einfach irgendwo anfangen!", schlug Emily vor. Sie hatte den beiden die ganze Zeit zugehört, ohne ein Wort zu sagen.

Kurze Zeit später **erhielten** sie auch schon einen Link zu einem YouTube-Video von ihrer Lehrerin. Die drei setzten sich vor den Bildschirm und begannen, **gespannt** zu schauen.

---

**der Schwachpunkt, e**: etwas, was man nicht gut kann
**den Wald vor lauter Bäumen nicht sehen**: etwas sehr Offensichtliches nicht sehen
**die Reihenfolge, n**: die festgelegte Abfolge von etwas, z.B. chronologisch, alphabetisch oder der Größe nach
**etwas erhalten**: etwas bekommen
**gespannt**: aufmerksam, neugierig

# KAPITEL 24

# DER NEUE C1-MODELLTEST

Zwei weitere Wochen waren vergangen, in denen die Vierergruppe intensiv an ihrem Deutsch arbeitete. Ihre Kenntnisse waren gut, jedoch **fiel** ihnen das Schreiben immer noch sehr **schwer**. Die C1-Prüfung nicht zu bestehen, war für alle eine Horrorvorstellung. Sie erinnerten sich an Julias Worte:

*Grammatik ist die Kunst des Schreibens.*

Am Mittwochabend hatten sie ein weiteres Zoom-Treffen mit ihrer Lehrerin. Seit sie zusammen arbeiteten, fühlten sie sich **wesentlich** sicherer, aber auch die beste Lehrerin kann das fehlerfreie Schreiben nicht an einem Tag lehren. Dennoch ist es notwendig, mit einem Lehrer zusammenzuarbeiten, da man auf diese Weise nicht nur viel schneller, sondern auch am effektivsten lernt. Die vier saßen schon gespannt an Emilys Esszimmertisch und warteten darauf, dass Julia online kam. Als die Kamera endlich anging, hielt Julia ein Stück Papier in der Hand.

---

**schwerfallen**: große Schwierigkeiten machen
**wesentlich**: sehr viel

„Hallo, meine Lieben! Ich habe eine tolle Überraschung, ihr werdet euch freuen!“ Julia **zog** eine **Grimasse**, ganz offensichtlich war diese Aussage ironisch gemeint.

„Oh oh, was kommt jetzt?“ Miguel hatte sofort **Schweißperlen** auf der **Stirn**.

„Wir schreiben heute einen Test!“, **kündigte** die Deutschlehrerin voller Energie **an**.

„Einen Test? Warum schreiben wir **unangekündigt** einen Test?“ Valeska war **entsetzt**.

„Leute, cool bleiben. Ihr seid ganz gut vorbereitet. Viele **Ereignisse** im Leben sind unangekündigt und heute ist eines davon. Ab und zu muss man ins kalte Wasser springen. Auf Deutsch sagen wir: Augen zu und durch!“, erwiderte sie.

„Julia hat recht. Wir brauchen eine authentische Prüfungssituation und jetzt ist die Chance dafür. Die echte

---

**eine Grimasse ziehen**: ein lustiges Gesicht machen
**die Schweißperle, n**: ein Tropfen Schweiß auf der Haut
**die Stirn, en**: der obere Teil des Gesichts, zwischen Augen und Haaren
**etwas ankündigen**: jemanden etwas wissen lassen
**unangekündigt**: überraschend
**entsetzt**: schockiert, erschreckt
**das Ereignis, se**: der Vorfall, das Geschehnis

Prüfung ist in wenigen Wochen, wir müssen jetzt **Gas geben**!" Emily war heute diejenige, die **einen kühlen Kopf bewahrte**.

„Danke, Emily! Macht euch keine Sorgen, es ist nur eine Probe. Ihr bekommt jetzt von mir den Modelltest zugeschickt und dann habt ihr exakt 180 Minuten Zeit. Danach könnt ihr **euch** eine kleine Pause **gönnen**, bevor wir uns an die mündliche Prüfung machen. In der Zwischenzeit werde ich ein wenig arbeiten, wir sehen uns dann später. Ich wünsche euch viel Erfolg! Und übrigens: Nicht **schummeln**, sonst **fallt** ihr direkt **durch**." Julia machte den letzten Kommentar mit einem frechen Lachen. Sie hoffte sehr, dass ihre Schüler ehrlich waren und nichts von ihren Nachbarn abschreiben würden. Sie beantwortete noch ein paar Fragen, die ihre Schüler hatten und ging offline.

„Seid ihr bereit? Ich glaube, ich **mache mir in die Hose**." James war nervös, seine Hände **zitterten**.

„Wann im Leben ist man jemals bereit? Wir schaffen das schon, ich glaube an uns!" Miguel **hatte** wieder einen seiner

---

**Gas geben**: sich (noch mehr) anstrengen
**einen kühlen Kopf bewahren**: ruhig bleiben
**sich (D) etwas (A) gönnen**: sich etwas Gutes tun
**schummeln**: unehrlich sein (*umgangssprachlich*)
**durchfallen**: eine Prüfung nicht bestehen
**sich in die Hose machen**: (große) Angst vor etwas haben
**zittern**: sich kurz und schnell hin- und herbewegen

**weisen** Sprüche **auf Lager**, die anderen schauten ihn mit hochgezogenen Augenbrauen an.

Zuerst **überflogen** sie den ganzen Test, um sich ein erstes Bild zu machen. Danach ging es direkt an das Modul Lesen, das aus vier Teilen bestand, für die sie 65 Minuten Zeit hatten. Die erste Aufgabe war ein Artikel über ein Unternehmen, das im Bereich Tourismus tätig ist. Im Text gab es acht **Lücken**, in die sie die passenden Wörter einsetzen sollten. Zu jeder Lücke gab es vier Antwortmöglichkeiten. Der zweite Teil war ein etwas längerer Text über das Thema Handykonsum und seine Konsequenzen. Dazu gab es sieben Aufgaben, in denen sie die richtige Aussage auswählen mussten. Dieses Mal gab es nur drei Antwortmöglichkeiten. Teil drei war ein Kommentar aus einer Zeitung über Manager und **Führungskräfte**. Er hatte ebenfalls acht Lücken, aber dieses Mal sollte ein ganzer Satz eingefügt werden, der an der Stelle passte. Es gab zehn Sätze zur Auswahl, zwei davon passten nicht in den Text. Und Teil vier bestand aus drei kürzeren wissenschaftlichen Beiträgen unterschiedlicher Personen. Die Aufgabe war es, die sieben zur Verfügung

---

**etwas auf Lager haben**: etwas zur Unterhaltung/Überraschung anderer bereithaben
**weise**: klug, lebenserfahren
**etwas überfliegen**: etwas schnell lesen

stehenden Aussagen den jeweiligen Personen zuzuordnen. Auch hier passten wieder zwei Aussagen nicht.

Tiefe **Seufzer** waren in Emilys Esszimmer zu hören. Die vier waren höchst konzentriert auf ihre Aufgabe.

Nachdem sie den Prüfungsteil Lesen bearbeitet hatten, ging es ans Hören. Sie hatten nun 40 Minuten Zeit für vier Aufgaben. Bei der ersten handelte es sich um einen Podcast über neue Bücher. Der Text wird nur einmal abgespielt, sie mussten sich also gut konzentrieren und sich vorher die Antwortmöglichkeiten gut durchlesen. Es waren insgesamt sechs Aussagen mit je drei Optionen zum Ankreuzen. Dafür hatten sie nur 60 Sekunden Zeit, also zehn Sekunden pro Aussage. Man hörte, wie James mit den Fingern **knackte**, er wurde von Minute zu Minute nervöser.

Im zweiten Teil hörten sie den Text zum Glück zweimal. Es handelte sich um ein Radiointerview mit einer Persönlichkeit aus der Wissenschaft und dazu gab es neun Aussagen, die entweder wahr, falsch oder unbekannt waren. Im dritten Teil hörten sie einmalig ein Gespräch über das Wohnen in der Zukunft und mussten in acht Aufgaben

---

**die Lücke, n**: offene, leere Stelle, an der etwas fehlt
**die Führungskraft, -kräfte**: eine Person, die an einer hohen Position in einem Unternehmen ist
**der Seufzer, -**: Geräusch, bei dem man laut ein- und ausatmet
**knacken**: einen kurzen, harten Ton machen

jeweils die richtige Antwort ankreuzen. Es standen drei zur Auswahl. Der vierte und damit letzte Teil der Hörprüfung handelte von Maßnahmen in der Europäischen Union. Diesen Vortrag konnten sie zweimal anhören, bevor sie die sieben Fragen beantworten sollten. Auch hier gab es drei Möglichkeiten zur Auswahl.

Der dritte Teil war ihr Lieblingspart: Schreiben. Sie hatten dafür 75 Minuten Zeit. Die erste Aufgabe bestand darin, einen Diskussionsbeitrag zum Thema Studienwahl zu schreiben. Der **Umfang** des Textes lag bei etwa 230 Wörtern. Die zweite Schreibaufgabe war kürzer, etwa 120 Wörter lang. In dieser Aufgabe sollten sie eine **Beschwerde** an ihre **Vorgesetzte** schreiben, weil sie plötzlich nicht mehr alleine, sondern mit sechs anderen Kollegen im Büro arbeiten mussten.

Nach Ablauf der 180 Minuten kam schon der Zoom-Anruf auf Emilys Laptop rein.

„Na, wie lief es bisher?“, wollte Julia wissen.

---

**der Umfang, Umfänge** (*Plural selten*): die Länge
**die Beschwerde, n**: Text, mit dem man sich über etwas/jemanden beschwert, weil man unzufrieden ist
**der/die Vorgesetzte, n**: Chef/in

„Uff, ich bin **fix und fertig**!“ Man hörte an Valeskas **Stimme**, dass sie schon müde war.

„Ihr habt es fast geschafft! Ruht euch kurz aus, dann machen wir mit dem mündlichen Teil weiter.“

Nach einer kurzen Pause machten sie sich an den letzten Teil der C1-Prüfung. Julia teilte die vier in zwei Gruppen auf: Emily und Valeska, danach Miguel und James. In der ersten Aufgabe sollte einer der Partner einen kurzen Vortrag über ein Thema seiner Wahl halten, der andere stellte dann im Anschluss Fragen dazu. Emily entschied sich für New York, Miguel für Andalusien. Es war ein lustiger Zufall, dass beide über ihre Heimat sprachen. Beim zweiten Thema konnten sie aus zwei Möglichkeiten auswählen: **Geschlechtergerechte Sprache** oder Masern**impfung** für Kinder.

Die vier entschieden sich bei der zweiten Aufgabe für das erste Thema, denn darüber hatten sie vor Kurzem heftig

---

**fix und fertig**: total müde, kaputt
**die Stimme, n**: das, was man hört, wenn jemand spricht
**geschlechtergerechte Sprache**: eine Sprache, die alle Geschlechter anspricht, z.B. Lerner*innen
**die Impfung, en**: Spritze zur Immunisierung gegen eine Krankheit, z.B. die Coronaimpfung

diskutiert. Nun waren sie froh darüber, denn der mündliche Teil verlief hervorragend.

„Gute Arbeit, Leute! Ich werde alles korrigieren und mich melden, sobald ich Neuigkeiten habe. Macht's gut!" Julia verabschiedete sich und ging wieder offline.

Die vier waren so müde, dass sie sich auf Emilys **kuschelige Sofalandschaft** fallen ließen und für einige Stunden nicht mehr aufstanden.

---

**kuschelig**: gemütlich, bequem
**die Sofalandschaft, en**: Kombination aus mehreren Sofas und/oder Sesseln

## KAPITEL 25

# EINKAUFSBUMMEL

Es vergingen einige Tage, in denen sie nichts von Julia zu hören bekamen. Die vier Deutschlerner waren nervös und je länger sie warten mussten, umso schlimmer wurde es.

„Es ist nur ein Modelltest!“, beruhigte Emily ihre Freundin Valeska, die sie mit einer verzweifelten Stimme anrief. Es war Samstagmorgen 9.30 Uhr und Emily lag noch im Bett.

„Ja, aber es ist bestimmt kein gutes Zeichen, dass die Korrektur so lange dauert! Wir warten nun schon fast eine Woche“, entgegnete die Polin in einem genervten Ton. „Ich will nicht länger warten, diese Stille ist kaum **auszuhalten**!“

„Mir geht es ähnlich, aber **da müssen wir jetzt durch**. Bestimmt meldet Julia sich bald mit den Ergebnissen. Hast du Lust, einen **Stadtbummel** zu machen? Das Wetter ist heute wieder so schön!“

---

**etwas aushalten**: etwas Unangenehmes ertragen/bewältigen
**Da müssen wir jetzt durch!**: Das müssen wir jetzt schaffen/aushalten!
**der Stadtbummel, -**: ein Spaziergang in der Stadt, bei dem man kein Ziel hat

„Das ist eine gute Idee, ich bin dabei! Sollen wir uns um 12 Uhr am Isartor treffen? Wir können ja zuerst etwas essen gehen und Kraft tanken, damit wir alle Einkaufstüten tragen können!“, sagte Valeska humorvoll. Sie wusste natürlich, dass sie keine Chance gegen Emily hatte, denn mit einer schwarzen American Express **konnte** sie natürlich nicht **mithalten**.

„Perfekt, bis später!“ Emily legte auf und blieb noch ein paar Minuten liegen, bevor sie schließlich aufstand. Sie versuchte zu visualisieren, wie sie ihre Prüfungsergebnisse bekam und in jeder Fertigkeit die volle Punktzahl erreicht hatte. „Man muss es auch nicht **übertreiben**“, dachte sie sich. „Mich würde es schon glücklich machen, einfach nur zu bestehen. 100 Punkte zu erreichen ist eine utopische Vorstellung!“

Im Osten Münchens machte auch Valeska sich Gedanken, denn es fehlten nur noch wenige Wochen bis zur echten Prüfung. Obwohl sie sich gut vorbereitet fühlte, hatte sie immer wieder Zweifel, ob sie tatsächlich schon gut genug war. „Wenn ich doch nur schon das Ergebnis des Modelltests hätte, dann könnte ich mich viel besser

---

**mithalten können**: genauso gut wie jemand/etwas anderes sein
**übertreiben**: *hier*: etwas positiver/besser darstellen, als es eigentlich ist

**einschätzen**", sagte sie leise vor sich hin. Sie wusste, dass sie momentan keinen Einfluss auf ihre Situation hatte und beschloss, an etwas anderes zu denken. Shopping in der Münchner Innenstadt!

Pünktlich um 12 Uhr kamen die beiden jungen Frauen vor dem **eindrucksvollen** Isartor an. Das Bauwerk stand schon seit dem 14. Jahrhundert in der bayerischen Hauptstadt und war eines von drei Stadttoren, die heute noch existierten.

„Hallo, meine Liebe!", rief Emily ihrer Freundin entgegen. Die beiden begrüßten sich mit einer herzlichen **Umarmung**.

„Hello Emily, nice to see you!" Valeska sprach **hin und wieder** auf Englisch mit Emily, schließlich sollte sie als Flugbegleiterin mehrere Sprachen **beherrschen**. Und wer war zum Üben besser geeignet als eine Muttersprachlerin?

---

**etwas einschätzen**: etwas beurteilen/bewerten
**eindrucksvoll**: wegen seiner Größe/ Schönheit beeindruckend, imposant
**die Umarmung, en**: wenn man jemanden in die Arme nimmt und an sich drückt
**hin und wieder**: manchmal, ab und zu
**etwas beherrschen**: *hier*: etwas sehr gut können

„Ich habe eine kleine Überraschung für dich, um deine **Stimmung aufzuhellen** und habe uns einen Tisch im *Little London* reserviert. Ich lade dich auf das größte Steak ein, das du je gegessen hast. Danach wirst du so **satt** sein, dass du nicht mehr **in der Lage bist**, an die Prüfung zu denken!“, erklärte Emily und kicherte.

„Oh Gott, ich liebe dieses Restaurant und war schon **ewig** nicht mehr dort! Ich bekomme sofort gute Laune, wenn ich nur daran denke. Danke, du bist ein Schatz!“

Fröhlich gingen die beiden den kurzen Fußweg bis zum Restaurant. Das *Little London* war eine **angesagte** Adresse in München und hin und wieder konnte man dort sogar bekannte Fußballspieler von Bayern München treffen. Die beiden ließen es sich an diesem Tag gut gehen und **genossen** das Essen **in vollen Zügen**.

„Sag mal, Valeska…“Emily grinste.

---

**die Stimmung aufhellen**: die Laune verbessern
**satt**: nicht mehr hungrig
**in der Lage sein**: können
**ewig**: *hier*: seit langem
**angesagt**: in Mode, in, hip
**etwas in vollen Zügen genießen**: etwas voll und ganz genießen/auskosten
**vergnügt**: fröhlich, in guter Laune

„Ja, Emily?“, reagierte Valeska und zog doch Augenbrauen **vergnügt** hoch.

„Was läuft eigentlich bei dir und Miguel?“, wollte sie wissen.

Valeska stieß ein lautes Lachen aus. „Hast du mich deshalb zum Essen eingeladen, damit du **geheime Informationen aus mir herausquetschen** kannst?“, fragte sie scherzhaft.

„Ja, klar! Warum sollte ich dich sonst einladen?“, reagierte Emily ironisch. Beide lachten.

„Ach, ich weiß auch nicht“, begann sie zu erzählen. „Miguel ist wirklich ein toller **Kerl**, humorvoll, charmant und intelligent. Er behandelt mich wie eine Königin und das kannte ich so von einem Mann noch nicht. Friedrich war ja das totale Gegenteil. Aber irgendwie…“

„Uuuh, du wirst ja rot wie eine Tomate! Valeska ist **verliebt**, Valeska ist verliebt!“ Emily kicherte wie ein

---

**geheime Informationen**: Informationen, die nicht jeder wissen soll/darf
**etwas aus jemandem herausquetschen**: jemanden überzeugen, einem etwas Geheimes zu sagen
**der Kerl, e**: der Mann (*umgangssprachlich*)

Teenager und brachte damit auch ihre Freundin zum Lachen, die immer roter wurde.

„Emily, nein! Ich bin nicht verliebt! Miguel ist nur ein guter Freund. Ich **bin** noch nicht **über** meine Trennung von Friedrich **hinweg** und nicht bereit für etwas Neues!"

Die beiden Freundinnen hatten **eine Menge** Spaß an diesem Tag. Nach dem Essen **schlenderten** sie zum Viktualienmarkt und vorbei am Marienplatz in die Kaufingerstraße, eine von Münchens **Shoppingmeilen**. Je mehr Zeit verging, desto mehr Einkaufstüten mussten die beiden tragen. Es war ein wunderbarer Nachmittag und alle Sorgen waren für einen Moment vergessen - bis das Telefon klingelte...

---

**verliebt**: man findet eine andere Person toll und kann nur noch an sie denken
**über etwas/jemanden hinweg sein**: man hat etwas/jemanden hinter sich gelassen und denkt nicht mehr daran/an ihn
**eine Menge**: viel
**schlendern**: langsam/gemütlich spazieren gehen
**die Shoppingmeile, n**: die Einkaufsstraße

# KAPITEL 26
# DIE NERVEN LIEGEN BLANK

„Ja?“ Valeska nahm den Anruf entgegen, es war Miguel.

„Valeska, hier ist Miguel. Hast du Julias Mail schon gelesen?“

„Nein, noch nicht. Ich bin gerade mit Emily in der Innenstadt, wir machen einen Einkaufsbummel. Wieso, was ist?“ Valeska bekam direkt Bauchschmerzen, Miguels Ton klang überhaupt nicht gut.

„Ach nichts, schon gut. Viel Spaß noch!“, antwortete Miguel mit der **Absicht**, Valeska und Emily nicht zu beunruhigen.

„Sag sofort, was los ist! Haben wir die Ergebnisse bekommen?“, rief sie nervös ins Telefon. Emily legte den Arm um ihre Freundin, um sie zu beruhigen.

„Noch nicht, aber Julia hat für 18 Uhr ein Zoom-Treffen **angesetzt**. Sollen wir uns alle vorher bei Emily treffen?“, schlug Miguel vor.

---

**die Absicht, en**: die Intention, das Ziel
**etwas ansetzen**: etwas bestimmen/festlegen

„Das können wir machen!“, entgegnete Emily, die das Gespräch über den Lautsprecher mitgehört hatte.

Nachdem sie **aufgelegt** hatten, schauten sich die zwei Deutschlernerinnen **regungslos** an. Obwohl sie bisher überhaupt nicht wussten, was sie im Gespräch mit Julia erwarten würde, hatten sie kein gutes Gefühl. Valeska schaute sofort nach der Mail in ihrem Posteingang. Darin stand:

*Meine lieben Schüler,*

*ich habe nun endlich eure Modelltests fertig korrigiert. Ich habe drei gute Nachrichten und eine schlechte. Damit ich euch alles erklären kann, treffen wir uns heute um 18 Uhr auf Zoom.*

*Bis später*

*eure Deutschlehrerin Julia*

Valeska und Emily **starrten** konzentriert auf den Handybildschirm, um die Nachricht zu verstehen.

---

**auflegen**: ein Telefongespräch beenden
**regungslos**: ohne sich zu bewegen
**starren**: etwas lange und ohne Pause ansehen

„Was ist die schlechte Nachricht? Oh Mann, das klingt überhaupt nicht gut." Emily **schluckte**. Nun bekam auch sie Bauchschmerzen.

„Drei gute Nachrichten sind ja wunderbar, aber diese eine schlechte Nachricht **überwiegt** alles! Was machen wir jetzt?" **Den beiden** war nun gar nicht mehr **nach** einem schönen Stadtbummel **zumute**.

„Uns bleibt nichts anderes übrig als abzuwarten. Es ist schon 16.30 Uhr, also noch eine gute Stunde, dann erfahren wir alles. Lass uns cool bleiben und uns jetzt nicht den Tag ruinieren, es war doch so schön bisher!" Emily fühlte sich auch nicht gut, aber sich nun **ununterbrochen** Sorgen zu machen, war auch keine Lösung.

„Du hast recht, aber ich fühle mich jetzt überhaupt nicht mehr nach Einkaufen und Spaß haben. Können wir bitte einfach zu dir gehen und einen Kamillentee auf deiner Couch trinken?", **flehte** Valeska.

---

**schlucken**: die Halsmuskeln bewegen, wenn man etwas trinkt/isst, hier als Ausdruck des Schocks
**überwiegen**: wichtiger/bedeutender sein als etwas anderes
**jemandem ist (nicht) nach etwas zumute**: man hat (keine) Lust auf etwas
**ununterbrochen**: pausenlos, andauernd, ständig
**flehen**: verzweifelt um etwas bitten

„Natürlich können wir das! Versuche, dich zu entspannen, es wird alles gut“, versuchte Emily, sie zu beruhigen.

Die zwei machten sich direkt auf den Weg zu Emilys Apartment, das zum Glück zu Fuß erreichbar war. Nach einer Tasse Tee fühlten sie sich etwas besser und bereit für die schlechte Nachricht. Kurz vor 18 Uhr trafen auch James und Miguel ein, die sich zuvor auf ein Bier getroffen hatten, um die Ergebnisse des Tests leichter **verkraften** zu können.

Um Punkt 18 Uhr war es dann so weit. Julia begrüßte alle freundlich, aber man merkte an ihrem Gesichtsausdruck, dass es auch ihr nicht gut ging.

„Meine Lieben. Es tut mir leid, dass ich heute nicht vier gute Nachrichten habe, sondern nur drei. Fangen wir mit den guten Nachrichten an: Ihr habt die Teile Leseverstehen, Hörverstehen und den mündlichen Ausdruck bestanden. Dazu möchte ich euch erst einmal herzlich gratulieren, denn das ist eine wunderbare **Leistung**!“ Die Lehrerin **gab sich** große **Mühe**, ihre Schüler für ihre guten Leistungen zu

---

**etwas verkraften**: etwas bewältigen, über etwas hinwegkommen, etwas verarbeiten

loben. Aber sie wusste natürlich, dass das in diesem Moment **zweitrangig** war.

„Und schriftlich?", fragte James aufgeregt.

„Ich wünschte, ich hätte bessere Nachrichten, Leute. Ihr seid wirklich alle sehr fleißig und auf einem guten Weg...", **fuhr** sie **fort**.

„Bitte sag doch einfach, was mit dem schriftlichen Teil ist!" Valeska klang hysterisch, sie konnte nicht länger warten.

„Schriftlich seid ihr alle durchgefallen", antwortete sie mit leiser Stimme. Für sie als Lehrerin waren diese Momente immer am schlimmsten und sie wünschte, sie müsste solche Nachrichten niemals überbringen. Aber auch das **Scheitern** gehörte zu jedem Lernprozess und war wichtig, um **über sich selbst hinauszuwachsen**.

---

**die Leistung, en**: die Arbeit, der Erfolg
**sich (D) Mühe geben**: sich anstrengen, sich bemühen
**zweitrangig**: weniger wichtig
**fortfahren**: *hier*: weitersprechen
**scheitern**: keinen Erfolg haben, ein Ziel nicht erreichen
**über sich selbst hinauswachsen**: etwas schaffen, was man vorher noch nicht geschafft hat

„Oh mein Gott, alle?“ Miguel wurde **bleich**, er musste sich einen Moment auf die Couch legen, weil **ihm schwindlig wurde**.

„Ja, alle. Das Problem ist, dass diese Prüfung modular aufgebaut ist. Das heißt, ihr könnt den schriftlichen Teil nicht mit Punkten aus den anderen Teilen **ausgleichen**. Ihr müsst alle vier Teile mit mindestens 60% bestehen, sonst bekommt ihr kein vollständiges Abschlusszertifikat und hättet somit auch nicht das C1-Niveau in allen vier Fertigkeiten erreicht, so wie euer Arbeitgeber es von euch verlangt“, erklärte sie ihren Schülern.

„Und wie viel Prozent haben wir erreicht?“, fragte Emily nervös.

„Im **Durchschnitt** habt ihr fast 50% erreicht. Das ist im Prinzip nicht so schlecht, aber es **reicht** eben noch nicht, um zu bestehen“, ergänzte Julia **zaghaft**.

---

**bleich**: blass, ohne die natürliche Farbe
**jemandem ist/wird schwindelig**: man fühlt sich, als würde sich alles um einen herum drehen
**etwas ausgleichen**: etwas kompensieren
**der Durchschnitt, e**: der Mittelwert in einer bestimmten Gruppe, Zeichen: Ø
**reichen**: genug sein
**zaghaft**: vorsichtig

„Was sollen wir jetzt tun? Wir haben doch nur noch zwei Wochen Zeit! Wie sollen wir in dieser kurzen Zeit schreiben lernen?“ Valeska war verzweifelt, eine **Träne** lief ihre **Wange** hinunter. Miguel nahm sie direkt in den Arm, um sie zu **trösten**. Er behandelte sie wirklich wie eine Prinzessin.

„Wir treffen uns morgen nochmal zur selben Zeit und machen einen Plan für ein Intensivprogramm. Die nächsten zwei Wochen **sind** alle Freizeitaktivitäten **gestrichen**. Wir fokussieren uns einzig und allein darauf, eure Schreibkompetenzen zu verbessern. Es geht nicht nur um eure Redemittel und den Wortschatz, sondern wir müssen auch daran arbeiten, dass ihr weniger Fehler macht, denn das steigert eure Punktzahl ebenfalls.“

Die vier saßen **fassungslos** auf der Couch und starrten sich mit leeren Gesichtern an.

„Eine Sache noch: Ihr könnt das schaffen, aber ihr müsst jetzt positiv bleiben und dürft **euch** auf keinen Fall **unterkriegen lassen**. Macht jetzt eine kleine Pause und

---

**die Träne, n**: Flüssigkeit im Auge, wenn man weint
**die Wange, n**: der Teil des Gesichts links und rechts von Nase und Mund
**jemanden trösten**: jemanden, der traurig ist, beruhigen
**gestrichen sein**: ausfallen, nicht stattfinden
**fassungslos**: sprachlos, erschrocken, perplex

**verdaut** die schlechte Nachricht und dann schreibt ihr den Text ab, den ich euch gleich schicke. Danach analysiert ihr die einzelnen Satzteile, so wie ich es euch im Video über die 5 Funktionen im Deutschen erklärt habe. Morgen früh schauen wir uns das gemeinsam an. Niemals **aufgeben** Leute, nicht in der Lingster Academy!" Mit diesen letzten Worten verabschiedete sie sich und ließ vier angespannte Deutschlerner zurück.

„Ok, dann lasst es uns **anpacken**!", ordnete James an und ballte seine Hand zu einer **Faust**.

---

**sich nicht unterkriegen lassen**: den Mut nicht verlieren
**etwas verdauen**: *hier*: etwas bewältigen/verarbeiten, mit etwas fertigwerden
**aufgeben**: aufhören, nicht weitermachen
**etwas anpacken**: etwas anfangen, etwas in Angriff nehmen, aktiv werden
**die Faust, Fäuste**: eine Hand, deren Finger fest zusammengepresst sind, sodass eine runde Form entsteht

## KAPITEL 27
# DER LERNMARATHON

Nach einer kurzen Pause, in der die vier Deutschlerner auf der Terrasse standen und die frische Nachtluft Münchens einatmeten, setzten sie sich an Emilys Esstisch. Sie luden sich den Text herunter, den Julia ihnen geschickt hatte und begannen, ihn abzuschreiben.

„Das fühlt sich an, als wären wir in der vierten Klasse und würden ein Diktat schreiben!“, bemerkte Valeska mit hochgezogenen Augenbrauen.

„Ja, das stimmt, aber Julia hat schon so oft betont, wie wichtig es ist, deutsche Texte abzuschreiben. Auf diese Weise produziert man korrektes Deutsch, ohne dass man einen eigenen Text schreiben muss. Es hilft bei der Grammatik und Rechtschreibung. Wir sollten jeden Tag einen Text abschreiben und uns den Satzbau genau anschauen", **wandte** Miguel **ein**.

Die Stunden vergingen und die Gruppe analysierte den Text, den sie bekommen hatten. Obwohl sie angespannt und nervös waren, wussten sie, dass sie es mit noch mehr

---

**(etwas) einwenden**: etwas entgegnen/erwidern

**Fleiß** schaffen würden. Da morgen Sonntag war, beschlossen sie, bei Emily zu **übernachten** und **eine Nachtschicht einzulegen**. Um drei Uhr morgens schliefen sie ein, sechs Stunden später klingelte der Wecker. Sie hatten nun eine Stunde Zeit, bis sie sich wieder mit Julia trafen.

Das Gespräch mit ihrer Lehrerin verlief produktiv. Sie besprachen die Korrekturen ihrer Satzanalyse an und bekamen direkt neue Analyseaufgaben. Das Ziel dieser Übungen war es, sie für den Satzbau zu sensibilisieren. Auf diese Weise bekamen sie ein besseres Gefühl dafür, welche Information an welcher Position im Satz stand.

„Ich habe einen neuen Lernplan für euch **erstellt**", begann Julia zu erklären. „Euer Stundenplan für die nächsten zwei Wochen sieht so aus, dass ihr jeden Tag vier Stunden schreibt und analysiert. Sobald ihr eine Aufgabe fertig habt, schickt ihr sie mir direkt zur Korrektur, klar?"

„Alles klar, Chef!", antwortete James. Alle lachten.

---

**der Fleiß** (*nur Singular*): harte Arbeit
**übernachten**: an einem anderen Ort als zu Hause schlafen
**eine Nachtschicht einlegen**: *hier*: bis spät in die Nacht lernen
**etwas erstellen**: etwas schreiben/ausarbeiten

„Da die schriftliche Prüfung aus einem Forumsbeitrag und einer semi-formellen E-Mail besteht, werden wir uns auf diese beiden Textsorten konzentrieren. Jeder von euch schreibt jeden Tag jeweils einen dieser Texte, also zwei insgesamt. Ihr **lest euch** auch die korrigierten Texte der anderen **durch**, so habt ihr einen weiteren Lerneffekt", erklärte sie.

Niemand der vier Deutschlerner konnte **ahnen**, dass die kommenden zwei Wochen die härtesten ihres Lebens werden würden. Ihr Tag begann morgens um 6 Uhr und endete abends um 23 Uhr, sodass sie jede Nacht zumindest noch sieben Stunden Schlaf bekamen. Ihr Tag begann mit einem Tagebucheintrag, in dem sie die Fortschritte des letzten Tages protokollieren sollten. Julia war jeden Tag für sie erreichbar und kümmerte sich um alle Textkorrekturen sowie die Verbesserungsvorschläge für ihre Texte. **Sorgfältig** ging sie jeden einzelnen Text mit ihnen durch, lobte sie für gute Arbeit und korrigierte sie, wenn sie Fehler gemacht hatten. Schon nach ein paar Tagen **spürten** die

---

**sich etwas durchlesen**: etwas von Anfang bis Ende lesen/sehr aufmerksam lesen
**etwas ahnen**: etwas vermuten
**sorgfältig**: akribisch, ganz genau, gründlich
**etwas spüren**: etwas fühlen/bemerken

Deutschlerner, dass **sich** der Lernprozess schneller und intensiver **gestaltete** als sonst.

„Ich merke schon, dass ich besser werde und mir das Schreiben leichter fällt!", sagte Valeska zu Emily, als sie am Abend wieder in ihrem "Lerncamp" zusammenkamen.

„Ja klar, wir machen ja auch nichts anderes mehr außer schreiben. Ich schreibe mittlerweile sogar auf dem Klo!" Emily musste laut lachen, als sie Valeska dieses intime Detail von sich erzählte. Ihre Freundin lachte mit.

Seit sich die Gruppe kennengelernt hatte, waren nicht einmal drei Monate vergangen, aber sie fühlten sich mittlerweile wie eine Familie. Es war eine reine Achterbahnfahrt mit vielen Höhen und noch mehr Tiefen gewesen und egal, wie die Prüfung **ausfallen**würde, jeder von ihnen hatte drei Freunde fürs Leben gefunden.

Es verging eine weitere Woche, in der sie **quasi** rund um die Uhr lernten. Die Tage waren voller Erfolgserlebnisse und es **flossen** hin und wieder auch einige Tränen. Zwar wurden sie von Tag zu Tag besser, aber es gab auch immer mal wieder **Rückschläge**, die **sie völlig aus der Bahn warfen**. Aber sie waren nicht allein und unterstützten sich

---

**sich gestalten**: sich entwickeln
**ausfallen**: ein bestimmtes Ergebnis haben

gegenseitig, sodass jeder negative Moment schnell in einen positiven Moment verwandelt wurde. Auch Julia sprach ihnen immer wieder Mut zu:

„Ja, es ist hart und ja, ihr seid müde. Aber was euch am Ende dieser Lernreise erwartet ist wesentlich größer als die **Opfer**, die ihr gerade **bringt**. Ihr habt noch genau neun Tage Zeit bis zur Prüfung. Wollt ihr die Zähne zusammenbeißen und durchhalten oder euch ins Bett legen und die **Decke** über den Kopf ziehen?", fragte die Deutschlehrerin in einem Ton, den man sonst eher von einem Kommandanten der Armee zu hören bekäme. Auch sie **litt** mit ihren Schülern und fühlte sich für ihren Erfolg verantwortlich. Wenn sie die Prüfung bestehen würden, wäre das ein weiteres Zeichen dafür, dass ihre Unterrichtsmethode funktionierte.

---

**quasi**: so gut wie, mehr oder weniger
**fließen**: die Bewegung einer Flüssigkeit; vor allem von Wasser, aber auch Tränen
**der Rückschlag, Rückschläge**: eine Verschlechterung nach einer guten, erfolgreichen Phase
**jemanden (völlig) aus der Bahn werfen**: *hier*: jemanden (stark) verunsichern
**(ein) Opfer bringen**: auf etwas (Wertvolles) verzichten, um eine bestimmte Sache zu erreichen
**die Decke, n**: ein wärmendes Textil, mit dem man im Bett den Körper bedeckt
**leiden**: *hier*: mitfühlen, sich mit jemandem schlecht fühlen

„Also ich finde die Idee, mich ins Bett zu legen, einfach traumhaft!“, **scherzte** James. „Aber natürlich halten wir jetzt durch, wir sind doch schon so weit gekommen!“

Es vergingen noch einmal sieben Tage, in denen sie praktisch rund um die Uhr schrieben, Texte analysierten und sich ihre Korrekturen sowie die ihrer Freunde anschauten, um aus ihren Fehlern zu lernen. Auch Grammatikübungen waren Teil des Lernprozesses, vor allem Nominalisierungen und Verbalisierungen waren ein wichtiger Teil des Schreibens auf C1-Niveau.

„Ich kann nicht mehr, ich fühle mich total **ausgelaugt**!“, kommentierte Valeska an diesem Abend die letzte Aufgabe, die Julia ihnen gab.

„Leute, ihr habt in den letzten zwei Wochen richtig Gas gegeben und euch immens im Schreiben verbessert. Ich kann euch nichts **versprechen**, aber ich habe das gute Gefühl, dass ihr nun bereit seid für den schriftlichen Teil. Und aus diesem Grund **erlasse** ich euch nun die letzte Aufgabe, die ich euch eigentlich vor der Prüfung noch

---

**scherzen**: einen Witz machen, etwas nicht im Ernst meinen
**ausgelaugt**: erschöpft, sehr müde, kraftlos
**jemandem etwas versprechen**: *hier*: jemandem etwas garantieren
**jemandem etwas erlassen**: *hier*: jemanden von etwas befreien
**sich unterhalten**: in entspannter Atmosphäre über etwas sprechen

geben wollte. Morgen ist der letzte Tag vor der Prüfung, am Freitag ist es endlich so weit! Nehmt euch diesen Tag auf jeden Fall frei und lernt nichts! Ihr habt euch eine Erholung verdient und es ist wichtig, dass ihr am Tag vor der Prüfung Kraft tankt und es euch gut gehen lasst. Geht spazieren, esst ein Eis in der Sonne, ruft eure Familien an und **unterhaltet euch** über etwas Schönes. Und ganz wichtig: Geht abends früh schlafen, damit ihr ausgeruht seid! Frühstückt gesund und energiereich, damit ihr die Prüfung gut durchsteht. Nicht zu viel Kaffee und keine Zigaretten, denn das macht euch alles unnötig nervös!"

„Keiner von uns raucht, aber auf den Kaffeekonsum werden wir am Freitag achten, denn wir alle trinken viel zu viel davon." James lachte nervös, während er einen **Schluck** aus seiner Kaffeetasse nahm.

„Dann seid ihr jetzt offiziell am Ende unseres Intensivprogrammes angekommen. Es hat mir wirklich viel Spaß gemacht und ich wünsche euch für eure Zukunft nur das Allerbeste! Ich hoffe, ihr **schmeißt eine Party**, wenn ihr

---

**der Schluck, e**: wenn man ein Getränk in den Mund nimmt, das danach in den Magen kommt

bestanden habt und ladet mich ein!“, sagte Julia scherzhaft. Sie **schlug** selten eine Party **aus**.

„Wir wissen gar nicht, wie wir dir für deine Mühe danken können. Ohne dich hätten wir uns niemals in so kurzer Zeit so gut vorbereiten können“, **schwärmte** Emily.

„Nichts zu danken, ich habe das gerne gemacht!“ antwortete ihre Deutschlehrerin mit einem zufriedenen Gesichtsausdruck. Noch hatten die vier die Prüfung nicht bestanden, aber das wollte sie lieber nicht laut sagen.

---

**eine Party schmeißen**: eine Party feiern
**etwas ausschlagen**: etwas ablehnen/nicht annehmen/akzeptieren
**schwärmen**: begeistert oder sehr positiv von etwas/jemandem sprechen

## KAPITEL 28

# ES IST SO WEIT!

Den Tag vor der Prüfung gestalteten sie genauso, wie Julia es ihren **Schützlingen** empfohlen hatte. Es kam sogar noch besser: Alle vier hatten zwei Tage frei bekommen, damit sie genug Energie hatten, um die Herausforderung der C1-Prüfung ohne Ablenkung zu **meistern**. Schließlich wollten auch ihr Chef und **sämtliche** Kollegen, dass sie die Prüfung bestehen und weiterhin ein Teil von MünchAir bleiben.

Sie beschlossen, sich um 12 Uhr am Karlsplatz in der Innenstadt zu treffen. Es war wieder einer dieser herrlichen Sommertage, an denen ganz München auf den Straßen war. Für das Quartett war es der perfekte Tag, um **abzuschalten** und Sonne zu tanken. Nach einem ausgiebigen, bayerischen Mittagessen und einem Spaziergang durch die Einkaufsstraßen schlenderten sie am Flussufer der Isar entlang, bis sie den Englischen Garten erreichten. Man hörte im Hintergrund Musik von Straßenmusikern, lachende Kinder und **zwitschernde**

---

**der Schützling, e**: jemand, um den man sich kümmert
**etwas meistern**: eine schwierige Aufgabe gut schaffen
**sämtliche**: alle

Vögel. Die vier legten sich ins Gras und starrten in den Himmel.

„Erinnert ihr euch noch daran, als wir uns im Hofbräuhaus kennengelernt haben? Es fühlt sich an, als wäre es Jahre her, aber es sind gerade mal ein paar Monate“, philosophierte Miguel.

„Mir geht es genauso. Wir haben ganz schön viel erreicht in dieser Zeit und ich bin so froh, dass wir uns kennengelernt haben!“ Valeska schaute die anderen an, sie war **gerührt** vor Freude.

„Stellt euch mal vor, wir hätten uns allein auf die Prüfung vorbereiten müssen. Es wäre so hart und vor allem einsam gewesen. Ich will es mir gar nicht vorstellen!“, bemerkte Emily.

„Ohne dich und dein **fabelhaftes** Penthouse hätten wir nie in so einem perfekten Ambiente lernen können. Danke, dass du immer so **großzügig** warst!“ Auch James hatte einen sentimentalen Moment.

---

**abschalten**: sich entspannen
**zwitschern**: singen, helle Töne von sich geben
**gerührt**: emotional, bewegt, innerlich berührt
**fabelhaft**: wunderbar, außergewöhnlich
**großzügig**: so, dass man gerne mit anderen teilt, spendabel

Es war für alle ein seltsames Gefühl. Der Kampf, der sie in den letzten Monaten so sehr **zusammengeschweißt** hatte, war fast beendet. Wie würde es danach weitergehen? Würden sie weiterhin so eng befreundet bleiben oder würden sich ihre Wege wieder trennen? Niemand wusste, was die Zukunft bringen würde, aber eins war sicher: Was sie in den letzten Monaten zusammen **durchgemacht** hatten, würde ein Leben lang in ihrer Erinnerung bleiben.

Sie verbrachten noch ein paar Stunden im Park und unterhielten sich, bevor sie sich auf den Heimweg machten. Jeder wollte an diesem Abend früh nach Hause, um rechtzeitig ins Bett zu kommen und gut ausgeruht zur Prüfung zu erscheinen. Der schriftliche Teil fing schon um 8.30 Uhr an, weshalb sie sich um 8 Uhr vor dem Goethe-Institut verabredeten. So hatten sie noch genug Zeit, um den Prüfungsraum zu finden und **ihre Plätze einzunehmen**.

Wie geplant schafften sie es, am Vorabend um Punkt 22 Uhr im Bett zu liegen. Alle Wecker waren so gestellt, dass sie auf jeden Fall genug Zeit hätten, sich fertig zu machen,

---

**jemanden zusammenschweißen**: Menschen miteinander verbinden
**etwas durchmachen**: eine schwere Zeit erleben
**seinen Platz einnehmen**: sich setzen

zu frühstücken und rechtzeitig an dem Gebäude anzukommen.

Am nächsten Morgen war es endlich so weit. Valeska war als erste am Treffpunkt **erschienen**, da sie schon frühzeitig mit dem Auto losgefahren war. Sie hatte sich in einem Café in der Nähe noch eine heiße Schokolade geholt, obwohl sie lieber einen Kaffee gehabt hätte. Aber zu viel Kaffee war an diesem Morgen keine gute Idee, sie war schon aufgeregt genug.

Als Nächstes kam Miguel, der die U-Bahn genommen hatte. Er freute sich, dass er einen Moment mit Valeska allein war, bevor die anderen beiden kamen.

„Wir schaffen das!", sagte er zu ihr und klopfte ihr auf die Schulter. „Wir haben alles gegeben, jetzt liegt unser **Schicksal** in Gottes Hand - und natürlich in der Hand der Prüfer!", scherzte er. Valeska grinste ihn an und nickte.

Ein paar Minuten später kam auch Emily an. Sie trug eine **riesige** Tasche auf der Schulter, aus der alle möglichen Dinge **herausragten**: zwei Wasserflaschen, eine

---

**erscheinen**: ankommen, sich einfinden
**das Schicksal, e**: eine höhere Macht, die das Leben beeinflusst oder bestimmt/*hier*: das zukünftige Leben

**Thermosflasche**, Bananen, ein Päckchen mit Schokoriegeln und eine Papiertüte, die nach Würstchen **roch**.

„Fährst du nach der Prüfung in den Urlaub?“, fragte Valeska sie mit einem lauten Lachen. Auch Miguel **staunte**, als er die Tasche sah.

„Ihr lacht, aber ich habe auch an euch gedacht! Ich habe Kamillentee, Bananen und Wurst**semmeln** für euch mitgebracht. Ich lasse euch doch nicht **verhungern**, die Prüfung geht schließlich bis zum Nachmittag!“ Emily war für die Gruppe wie eine große Schwester geworden, sie kümmerte sich **stets** liebevoll um alle und sorgte dafür, dass es an nichts fehlte. „Aber wir warten noch auf James, er bekommt ein größeres Lunchpaket, **schließlich** ist er fast doppelt so groß wie wir!“ Dass auch Emily an so einem

---

**riesig**: sehr groß
**herausragen**: aus etwas (z.B. einer Tasche) hervorkommen, weil es nicht ganz passt
**die Thermosflasche, n**: eine Flasche, die Getränke warm oder kalt hält
**riechen**: man nimmt etwas mit der Nase wahr/auf
**staunen**: überrascht/verwundert sein

**nervenaufreibenden** Tag zu scherzen wusste, war ein gutes Zeichen.

„Wo bleibt James? Es ist schon 8.10 Uhr“, wunderte sich Valeska. „Ich rufe ihn mal kurz an.“ Sie ließ es mehrmals klingeln, aber niemand antwortete.

„Er kommt bestimmt mit dem Fahrrad und hört sein Handy nicht. Warten wir noch ein paar Minuten“, schlug Miguel vor.

Die Minuten vergingen und die drei wurden langsam nervös. Es war nun schon 8.20 Uhr und sie hatten kein **Lebenszeichen** von James bekommen.

„Guten Morgen, liebe Teilnehmer der heutigen C1-Prüfung. Mein Name ist Schmitt und meine Kollegen und ich werden Sie heute durch die Prüfung begleiten. Bitte folgen Sie mir nun in den Seminarraum und nehmen Ihre Plätze ein. Wir starten in 10 Minuten.“ Frau Schmitt war eine dunkelhaarige Frau mittleren Alters. Sie hatte einen

---

**die Semmel, n**: *bayerisch für* das Brötchen
**verhungern**: *hier*: sehr viel Hunger haben/leiden
**stets**: immer
**schließlich**: *hier*: denn
**nervenaufreibend**: aufregend
**das Lebenszeichen, -**: *hier*: die Nachricht

freundlichen und gleichzeitig ernsten Gesichtsausdruck, typisch für einen Prüfer.

„Was machen wir jetzt?“, fragte Emily nervös.

„Ruf ihn nochmal an, das kann doch nicht sein!“, entgegnete Miguel, auch ihm war die Nervosität deutlich anzumerken.

Die drei versuchten es mehrmals, schrieben James WhatsApp-Nachrichten und hinterließen ihm Nachrichten auf seiner Mailbox, aber er **meldete sich** einfach nicht. Es war nun 8.25 Uhr und die drei mussten in den Prüfungsraum. Sie setzten sich nebeneinander in eine Reihe mit jeweils einem Platz **Abstand** zwischen ihnen. Einen Stuhl besetzten sie für James, der in den nächsten fünf Minuten **auftauchen** musste, ansonsten würde er die Prüfung nicht ablegen können. Sie riefen ihn **unaufhörlich** in der Hoffnung an, dass er endlich an sein Handy gehen würde.

Jeder Teilnehmer wurde registriert und musste seinen **Ausweis** vorlegen. Es war nun 8.27 Uhr und die Prüfer

---

**sich melden**: eine Nachricht geben, von sich hören lassen
**der Abstand, Abstände**: die Entfernung, die Distanz
**auftauchen**: erscheinen, ankommen
**unaufhörlich**: pausenlos, ununterbrochen

begannen, den Ablauf der Prüfung zu erklären. Alle hörten konzentriert zu.

„Herr Miller?“, hörte man Frau Schmitt durch den Raum rufen.

„Er muss jede Sekunde eintreffen! Wir versuchen schon seit einer halben Stunde, ihn zu erreichen, aber bekommen keine Antwort“, antwortete Emily verzweifelt.

„Das tut mir leid zu hören. Leider können wir nur noch bis 8.30 Uhr warten, danach kann Herr Miller **bedauerlicherweise** nicht mehr teilnehmen“, erklärte Frau Schmitt mit ruhiger Stimme. Sicherlich war es nicht das erste Mal, dass sie in dieser Situation war.

Die drei Freunde zitterten vor Aufregung. Wo war James? Auch die anderen Teilnehmer im Raum schauten nervös hin und her. Um Punkt 8.30 Uhr schloss Frau Schmitt die Tür, nun **gab es kein Zurück mehr**.

„Ihr Bekannter kann nun leider nicht mehr teilnehmen“, bemerkte sie. Auch für sie war dies kein angenehmer Moment, aber Regeln waren schließlich dazu da, um

---

**der Ausweis, e**: ein Dokument, mit dem man sich identifizieren kann
**bedauerlicherweise**: leider
**es gibt kein Zurück mehr**: man kann nicht mehr zurückkehren

eingehalten zu werden. Die drei Freunde waren **erschüttert**. Wie sollten sie nun die Prüfung schreiben?

In diesem Moment ging die Tür auf. „Guten Morgen! Entschuldigen Sie vielmals, dass ich zu spät komme, ich kann das erklären!" Schweißtropfen liefen James´ Stirn hinunter, als er den Raum betrat.

„Herr Miller, so funktioniert das nicht. Die Prüfung beginnt um 8.30 Uhr. Es ist jetzt 8.31 Uhr!", sagte Frau Schmitt genervt, während sie die Prüfungs**bögen** des Leseverstehens verteilte.

Ein **Murmeln** ging durch den Raum, man hörte ein leises Lachen. Einer der Teilnehmer aus der hinteren Reihe kommentierte: „Aber das ist doch nicht schlimm, er ist nur eine Minute zu spät!"

James stand **regungslos** vor der Prüferin, die Angst **war ihm ins Gesicht geschrieben**. Auch seine Freunde zitterten. Was würde jetzt passieren?

---

**erschüttert**: schockiert, entsetzt
**der Bogen, Bögen**: ein Blatt Papier
**das Murmeln** (*nur Singular*): undeutliches, leises Sprechen
**regungslos**: ohne sich zu bewegen
**etwas ist jemandem ins Gesicht geschrieben**: man kann etwas deutlich im Gesicht einer Person sehen

„Nun gut, setzen Sie sich und schreiben Sie mit. Wir **sind** ja **keine Unmenschen** hier! Später kommen Sie zu mir und erklären sich. Ich wünsche Ihnen allen viel Glück bei der Prüfung!“ Frau Schmitt grinste zufrieden, die vier Freunde atmeten auf.

Endlich konnte es losgehen!

---

**kein Unmensch sein**: nicht hartherzig sein, mit sich reden lassen

## KAPITEL 29

# UNENDLICHKEIT

Die Prüfung war für alle Teilnehmer extrem anstrengend. Schließlich ging es nicht nur darum, alle Aufgaben korrekt zu lösen, sondern sie hatten auch nur begrenzt Zeit dafür. Das bedeutete, dass sie sich konstant konzentrieren mussten, denn jede Ablenkung würde sie Zeit kosten. Es waren insgesamt zwölf Deutschlerner im Prüfungsraum, **deren Köpfe rauchten**. Immer mal wieder hörte man lautes Atmen, eine Person las sich den Text ganz leise vor.

„Bitte sprechen Sie während der Prüfung nicht, das lenkt die anderen Teilnehmer ab!", **mahnte** Frau Schmitt eine junge Frau in der zweiten Reihe. Sie entschuldigte sich, indem sie die Hand hob und **verstummte**.

Das erste Modul der Prüfung war das Lesen, für das sie 65 Minuten Zeit hatten. Es gab vier Aufgaben, die sie meistern mussten. Der nächste Teil war das Hören, wofür sie 40 Minuten Zeit bekamen, um die vier Aufgaben zu lösen. Nachdem sie die erste Hälfte der Prüfung geschafft

---

**jemandem raucht der Kopf**: angestrengt/hoch konzentriert nachdenken
**mahnen**: ernste, strenge Worte sagen
**verstummen**: aufhören zu sprechen

hatten, konnten sie ein paar Minuten durchatmen. Die vier Freunde **warfen sich** immer wieder **Blicke zu**, von denen manche optimistisch waren, andere hingegen schienen fragend oder **überfordert** zu sein. Zum Glück durften sie während der gesamten Prüfung immer wieder etwas trinken, sodass sie gut hydriert waren und sich besser konzentrieren konnten.

Nach dieser kurzen, aber nötigen Pause ging es ans Schreiben. Alle im Raum waren extrem nervös. Es schien, als wäre diese Fertigkeit nicht nur für die vier Freunde eine Herausforderung, sondern genauso für alle anderen **Prüflinge** im Raum. Die erste Aufgabe war es, die Auswirkungen von Ernährung und Lebensstil auf die Gesundheit zu erörtern. Man hörte **erleichtertes** Aufatmen im Raum, denn das war ein Thema, über das jeder etwas Produktives sagen konnte. Man hörte **Gemurmel** in der letzten Reihe, weshalb Frau Schmitt direkt aufstand und die beiden ermahnte. Es **herrschte** wieder **Stille** im Raum.

---

**sich Blicke zuwerfen**: sich gegenseitig anschauen
**überfordert**: so fühlt man sich, wenn etwas zu schwierig ist
**der Prüfling, e**: jemand, der eine Prüfung ablegt/macht
**erleichtert**: beruhigt, von Angst befreit
**das Gemurmel** (*nur Singular*): das Murmeln, undeutliches Sprechen
**Stille herrscht**: Stille ist vorhanden, deutlich zu fühlen

Valeska versuchte, sich beim Schreiben an all das zu erinnern, was sie in den letzten Wochen so intensiv **gepaukt** hatte. Es war nicht einfach, auf den Inhalt, den Satzbau, die Rechtschreibung und gleichzeitig auf einen guten Stil zu achten. Sie wusste aber, dass sie besser einfache und korrekte, als komplizierte und **fehlerhafte** Sätze schreiben sollte.

Auch James musste **sich** immer wieder **ins Gedächtnis rufen**, dass er besser **abschneiden** würde, wenn er einfache und korrekte Sätze anstatt stilistisch hochsprachliche, dafür aber fehlerhafte Sätze schrieb. Diese Regel hatte ihnen ihre Deutschlehrerin mehrmals erklärt, denn Deutschlerner neigten dazu, **anspruchsvoller** schreiben zu wollen, als sie es konnten.

Nach dem Ablauf der 75 Minuten sammelten Frau Schmitt und ihr Kollege alle Aufgaben ein und **stapelten** sie auf ihrem **Pult**. Es lag nun **ein Haufen Unterlagen** auf dem kleinen Holztisch - ein Haufen Zukunftsträume von Deutschlernern aus der ganzen Welt. Es trennte die Gruppe

---

**pauken**: lernen (*umgangssprachlich*)
**fehlerhaft**: mit Fehlern
**sich etwas ins Gedächtnis rufen**: sich an etwas erinnern
**abschneiden**: ein bestimmtes Ergebnis bekommen
**anspruchsvoll**: *hier*: schwierig, komplex

nur noch eine Fertigkeit von ihrem Glück oder Unglück: der mündliche Ausdruck.

Emily wurde mit einer jungen Frau aus Russland geprüft, Valeska und James waren zusammen in der Paarprüfung und Miguel traf auf einen Brasilianer, dessen Aussprache **hervorragend** war. Obwohl sich Miguel davon **eingeschüchtert** fühlte, gab er sein Bestes und ließ sich nicht ablenken. Seine Präsentation über die Vor- und Nachteile großer Volksfeste am Beispiel des Oktoberfests lief **einwandfrei** und auch sein brasilianischer Kollege freute sich über das Thema, da auch er jedes Jahr auf das berühmte Volksfest ging, um ordentlich zu feiern.

„Wenn wir die Prüfung bestehen, müssen wir unbedingt zusammen aufs Oktoberfest!“, sagte Miguel zu dem Südamerikaner. Dieser lachte und nickte zustimmend.

Kurze Zeit später war alles vorbei. Die Prüfung war beendet und zwölf müde Gesichter verließen das Goethe-Institut. Es war ein Moment der **völligen** Erleichterung, auf den das schreckliche Gefühl des Wartens folgte. Bis sie die

---

**etwas stapeln**: etwas aufeinanderlegen
**das Pult, e**: *hier*: der Schreibtisch
**der Haufen, -**: eine Menge an Dingen, die übereinander liegen
**die Unterlage, n** *(meist im Plural)*: das Dokument
**hervorragend**: sehr gut, ausgezeichnet
**eingeschüchtert**: verunsichert
**einwandfrei**: ideal, problemlos

Prüfungsergebnisse bekamen, würden bis zu sechs Wochen vergehen - sechs Wochen, in denen sie keine Ahnung hatten, ob sie ihre Jobs am Flughafen behalten würden oder nicht. Es war ein furchtbares Gefühl, nicht zu wissen, was passieren würde. Aber es blieb ihnen nichts anderes übrig als zu warten.

Als sie vor dem Gebäude standen, machte James einen brillanten Vorschlag: „Leute, es ist Freitagnachmittag. Ich würde sagen, wir gehen jetzt erst einmal ins Hofbräuhaus, **schlagen uns den Bauch voll** und stoßen ordentlich auf unsere Leistung an. Wir haben uns jetzt auf jeden Fall das beste Wochenende aller Zeiten verdient, egal wie das Ergebnis der Prüfung ausfällt! Wer ist dabei?"

Obwohl sie **todmüde** waren, war ihre Motivation, den Abschluss der Prüfung zu feiern, größer als je zuvor. **Schnurstracks** machten sie sich auf den Weg zu Münchens bekanntester Brauerei. Noch bevor sie sich setzten, bestellten sie bei einem der Kellner vier Maß. Der Rest des

---

**völlig**: ganz, absolut
**sich (D) den Bauch vollschlagen**: sich vollessen, sehr viel essen (*umgangssprachlich*)

Wochenendes war eine riesige Gaudi, aber die Einzelheiten **behielten** sie lieber **für sich**...

---

**todmüde**: sehr müde, hundemüde
**schnurstracks**: auf dem schnellsten, kürzesten Weg
**etwas für sich behalten**: etwas nicht erzählen

# KAPITEL 30
# WIRKLICH?

Die Wochen vergingen und die vier Deutschlerner, die sich erst vor relativ kurzer Zeit kennengelernt hatten, warteten **sehnsüchtig** auf das Ergebnis ihrer C1-Prüfung. Würden sie bestehen und ihren Arbeitsplatz am Münchner Flughafen behalten oder würden sie durchfallen und sich einen neuen Lebensweg **ebnen** müssen? Die **Ungewissheit** war kaum auszuhalten, jeder Tag fühlte sich wie eine unendliche Ewigkeit an.

Aber auch das längste Warten **nahm** irgendwann **ein Ende** - so auch bei Emily, Valeska, James und Miguel. An diesem Mittwochnachmittag fand Miguel einen Briefumschlag in seinem Briefkasten, der **Absender** war das Goethe-Institut. Sofort rief er James an.

„Es ist so weit James, das Ergebnis ist da!", **hauchte** er mit zitternder Stimme in sein Handy.

---

**sehnsüchtig**: ungeduldig
**ebnen**: *hier*: eröffnen, vorbereiten
**die Ungewissheit, en**: das Gefühl, etwas nicht zu wissen, die Unklarheit
**ein Ende nehmen**: ein Ende haben, enden
**der Absender, -**: jemand, der etwas absendet/abschickt
**etwas hauchen**: etwas fast ohne Ton, nur sehr leise aussprechen

„Moment, ich schaue in meinen Briefkasten!", rief James aufgeregt. Er rannte zum Briefkasten, als wäre er **von einer Tarantel gestochen** worden. „Ok, da ist er. Was machen wir jetzt?" Vor lauter Aufregung wusste er nicht mehr, wie man einen Briefumschlag öffnet.

„Warte, ich rufe Valeska an. Ruf du bei Emily an! Wir **stehen** das jetzt gemeinsam **durch**!" Miguel liebte das große Drama, eine typische **Eigenschaft** von Südspaniern, die ihm auch in all den Jahren in München erhalten geblieben war.

„Valeska, hast du Post bekommen?", **kreischte** der Andalusier ins Telefon, noch bevor Valeska überhaupt **zu Wort kam**.

„Ich war heute noch nicht am Briefkasten, ich schaue schnell. Oh Gott, das ist wahrscheinlich der aufregendste Moment meines Lebens!" Man hörte, wie Valeska Treppenstufen hinunterrannte, sie atmete schwer. Darauf

---

**wie von der/einer Tarantel gestochen**: sich ganz plötzlich wild bewegen
**etwas durchstehen**: eine schwierige Situation meistern, bewältigen
**die Eigenschaft, en**: etwas, was zum Charakter einer Person gehört
**kreischen**: schreien
**zu Wort kommen**: sprechen können, etwas sagen können

hörte man das leise **Quietschen** ihrer Briefkastentür. Für einen Moment passierte nichts.

„Miguel! Da liegt der Umschlag! Soll ich ihn direkt aufmachen? Hast du deinen schon aufgemacht? Was ist mit Emily und James?“ Sie hatte wieder einen ihrer hysterischen Momente.

„Nein, nein, nein! Warte noch! James hat seinen auch schon, er ruft gerade Emily an. Wir öffnen die Umschläge gemeinsam!“ Es war ein **epischer** Moment in ihrem Leben, den sie auf jeden Fall zusammen erleben wollten. In diesem Moment **erhielt** Miguel einen Anruf von James, er stellte Valeska für einen Moment in die **Warteschleife**.

„Ja, James?“

„Miguel...“

„Was ist?“

„Emily...“, sagte James leise.

---

**quietschen**: bei einer Bewegung einen hohen Ton von sich geben (z.B. eine Tür, ein Bett)
**pisch**: großartig, bedeutend
**etwas erhalten**: etwas bekommen
**die Warteschleife, n**: im Telefon auf „Warten“ gestellt werden

„Oh mein Gott, nein!“ Miguel war verzweifelt, er ahnte das **Schlimmste**.

„Nein, beruhige dich. Emily hat keinen Umschlag in ihrem Briefkasten. Sie hat heute keine Post bekommen.“

„James! Ich hätte gerade fast einen Herzinfarkt bekommen!“ Miguel lachte, obwohl er **den Tränen nahe war**.

„Sie sagt, dass sie sich sofort meldet, wenn sie Post bekommt und dann treffen wir uns, um die Umschläge gemeinsam aufzumachen. Können wir so lange warten?“

„Ja, natürlich warten wir auf sie! Ich muss **auflegen**, ich habe Valeska in der anderen **Leitung**. Wir hören uns dann morgen. Hoffentlich.“ Miguel beendete das Gespräch und **verabschiedete sich** auch von Valeska, nachdem er ihr den aktuellen Stand der Dinge mitgeteilt hatte.

Ein weiterer Tag verging und die drei Glücklichen hatten ihre Umschläge permanent bei sich - in der Hoffnung, dass auch Emilys Prüfungsergebnisse an diesem Nachmittag in

---

**schlimm**: schrecklich, desaströs
**den Tränen nahe sein**: fast anfangen zu weinen
**auflegen**: ein Telefonat beenden
**die Leitung, en**: *hier*: in der Warteschleife
**sich verabschieden**: Tschüss sagen

ihrem Briefkasten waren. Emilys Handy klingelte, es war Valeska.

„Hast du Post?“, fragte sie Emily so **neugierig**, dass sie sie nicht einmal begrüßte.

„Ja, ich habe Post“, antwortete sie ruhig, obwohl sie innerlich der **Ohnmacht** nahe war. „Wir treffen uns bei mir. Ich habe sicherheitshalber eine Flasche Champagner kalt gestellt - und einen Kamillentee vorbereitet, falls wir doch durchgefallen sind. Wir treffen uns bei mir - so in einer halben Stunde?“, bot die Amerikanerin an.

Exakt dreißig Minuten später standen drei **zappelige** Deutschlerner vor ihrer Tür. Sie **stürmten** in ihr Penthouse und **schmissen sich** auf die Couch. Für diese Nachrichten mussten sie bequem sitzen.

„Lasst uns die Umschläge gleichzeitig öffnen! Drei, zwei, eins...“ Miguel hätte es nicht spannender machen können. Ein kurzer Moment verging, dann zogen sie fast zeitgleich

---

**neugierig**: man hat den Wunsch, etwas Bestimmtes/alles zu wissen
**die Ohnmacht, en** (*Plural selten*): ein Zustand, in dem man nicht mehr merkt, was um einen herum passiert, die Bewusstlosigkeit
**zappelig**: nervös, aufgeregt
**stürmen**: wild rennen oder laufen
**sich auf etwas/jemanden schmeißen**: sich auf etwas/jemanden werfen

das Stück Papier aus dem jeweiligen Umschlag, der über ihre Zukunft entscheiden würde.

„Bestanden!", schrie Emily und lachte laut.

„Ich habe auch bestanden!", kreischte Valeska und schmiss sich vor Freude auf Emily, um sie zu umarmen.

„Juhuu, ich habe die C1-Prüfung auch bestanden!" Miguel sprang von der Couch auf und warf die Arme in die Luft.

„Oh nein, ich bin durchgefallen." James **senkte** den Kopf und begann zu weinen.

„WAAAAS?" brüllten die drei anderen und schauten James an.

„Ihr werdet es nicht glauben... aber ... ich ... habe euch **reingelegt**! Ich habe auch bestanden, hahaha!" Der Schotte lachte so laut, dass ihm die Tränen kamen. Er **sprang auf** und nahm seinen Freund Miguel in den Arm. Nun standen

---

**senken**: nach unten bewegen
**jemanden reinlegen**: einen Scherz mit jemandem machen, etwas nicht ernst meinen
**aufspringen**: hochspringen
**sich anschließen**: dabei sein, sich beteiligen
**bis zum Umfallen**: bis man keine Energie mehr hat

auch Emily und Valeska auf, um **sich** der Gruppenumarmung **anzuschließen**.

Es war einer der schönsten Momente in ihrem Leben und das Beste daran war, dass sie ihn gemeinsam verbringen durften. Die vielen Monate, in denen sie zusammen **bis zum Umfallen** gelernt hatten, in denen sie zusammen gelacht und

geweint hatten, **trugen** nun endlich die erwünschten **Früchte**. Sie waren mehr als einmal kurz davor gewesen, alles aufzugeben und nicht weiterzumachen, aber sie hatten gelernt, dass man mit konstantem **Einsatz**, Optimismus und ein paar guten Freunden alles erreichen konnte. Es war für sie alle eine der wichtigsten Lektionen im Leben: *Aus Steinen, die dir in den Weg gelegt werden, kannst du Brücken bauen.*

Nachdem Emily und James **sich aus** der Umarmung **gelöst** und sich wieder auf die Couch gesetzt hatten, blieben zwei Personen ganz nah zusammen und **hielten sich fest**: Miguel und Valeska. Sie umarmten sich **innig** und schauten sich schließlich ganz tief in die Augen. Dann gaben sie sich endlich ihren ersten Kuss, auf den beide so lange gewartet hatten. Es war ein magischer Moment und eine

---

**Früchte tragen**: sich lohnen, Erfolg haben
**der Einsatz, Einsätze**: die Bemühung, die Anstrengung

neue große Liebe war geboren; der Rest ist Geschichte…

# ENDE

[851] **sich aus etwas lösen**: sich trennen
[852] **sich festhalten**: *hier*: sich fest umarmen, nicht loslassen
[853] **innig**: intensiv, herzlich

Made in the USA
Columbia, SC
22 February 2025

54240405R00138